赤ずきん、ピノキオ拾って死体と出会う。

青柳碧人

双葉文庫

目次

第一幕　目撃者は木偶《でく》の坊《ぼう》

1.

まったく、なんていう拾い物かしら！

家へ続く森の中の道を早足で歩きながら、赤ずきんは両手に持っているそれを見つめました。木でできた、人形の腕です。その指の部分が、くいっ、くいっと動くのです。

ほんの数分前まで赤ずきんは、森の奥に住む猟師のおじさんの家へ、クッキーとワインを届けにいくところでした。日差しが木々の葉の間から差す、気持ちのいい午後で、枝の上で戯《たわむ》れるリスたちに「こんにちは」と話しかけ、うきうきした気持ちで歩いていたのです。

目の前に十字路が見えてきました。まっすぐ行けばおじさんの家、左に行けばグリーデン、右に行けばランベルツという町へ通じる道です。

「やめてよ、やめてよっ！」

男の子の叫ぶ声がして、赤ずきんは思わず足を止めました。

グリーデンへ通じる道のほうから、キツネと黒猫と三毛猫がやってきました。みな、チョッキを着て、人間のように後ろ脚二本で立って歩いていて、身長は赤ずきんと同じくらいです。キツネはただ指示を出しながら先導するだけですが、猫たちは二匹で一つ、大きな布の袋を肩に掛けています。

「やだよっ。ぼく、もう芸なんてやりたくない！」

声は、袋の中から聞こえているようでした。よく見れば、袋の口から茶色い手首から先が飛び出ています。

「少し黙ってろ！」

キツネが袋を叩いた拍子に、どさっと袋の中から腕が落ちました。キツネと二匹の猫は、落ちた腕はおろか、赤ずきんにも気づかない様子でランベルソのほうへ早足で去っていきます。彼らの姿が見えなくなってから、赤ずきんは落ちた腕に近づき、拾い上げました。

木でできた人形の、右腕の肩から先でした。肘《ひじ》や手首、指の関節などは金具で留められていますが、引っ張れば簡単に外れてしまいそうです。キツネが袋を叩いた拍子に、肩から外れてしまったのでしょう。

すると……

「ひっ！」

赤ずきんは腕を落としそうになりました。五本の指が同時にくいっ、くいっと動きはじめたからです。初めは気持ち悪いと思いましたが、しばらく観察しているうち、何かを訴えているように見えてきました。小指と薬指を折り曲げ、残りの三本の指を何かを摘《つ》まむように動かすのです。ペンだわ、と赤ずきんは気づきました。

「おじさん、ごめん。クッキーはまたね」

赤ずきんはつぶやき、家へと戻りはじめたというわけでした。

「お母さん、紙とペンをちょうだい」

家に着くなり、赤ずきんは言いました。

「まあ赤ずきん、何なの、その気味の悪い腕は！」

お母さんは叫びましたが、赤ずきんが事情を話すと納得し、紙とペンとインクを持ってきてくれました。右手はペンを握り、へたくそな文字で、自分の身の上を書きはじめたのです。

『ぼくは、ピノキオです。ゼペットじいさんにつくってもらいました。

ぼくは、にんげんのこどもになりたい。

ぼくは、ゼペットじいさんの、ほんとうのこどもになりたいんだ。』

学校へ行けば人間の子どもになれる。そう信じたピノキオはゼペットじいさんに教科書を買ってもらいましたが、登校途中にどうしてもサーカスが見たくなり、チケット代と引き換えに教科書を手放してしまったとのことでした。

「なんて愚《おろ》かな人形かしら」

赤ずきんは呆《あき》れましたが、そのあとの話を読んで心が変わりました。サーカス団にスカウトされたあと、だまされて旅回りの一座に売られ、ゼペットじいさんのもとに帰ることもできず、やりたくもない芸を一年もやらされているのだそうです。

『ぼくは、けさ、やっとにげだした。

ぼくは、でも、すぐにみつかってしまった。

ぼくは、いま、キツネのアントニオと、くろねこのロドリゴと、みけねこのパオロにつれもどされてしまった。

ぼくは、マダムおやゆびの、おやゆびいちざのみせものにされてしまう。

ぼくは、おもしろいげいなんてできない。

ぼくは、たすけてほしい。

ぼくは、たすけてほしい。』

「かわいそうね……」

さっきまで気持ち悪がっていたお母さんは、ピノキオの手が綴《つづ》る文を見て、涙ぐんでいました。たどたどしいぶん、切実さが伝わってきます。

「赤ずきん、あなた、ピノキオくんを助けてあげなさい」

「私が？」

「腕を拾ってきた縁じゃない」

お母さんはたまにこうして、思いつきでものを言うのです。無茶だわと思いましたが、亡くなったおばあちゃんの言葉を思い出しました。

――『赤ずきんや。お前のその賢《かしこ》い頭は、困った人を助けるために神様が授《さず》けてくださったんだよ。困った人には進んで手を貸してあげなさい』。

「でも、どうしたら助けられるの？」

「右腕と一緒にランベルソの『おやゆびいちざ』のところへ行くのよ――それで、あとはまあ、適当に、体のほうを引き取ってきなさい」

まったくどこの世界でも、お母さんなんて思いつきばかりで、具体案など何もないのです。

2.

ピノキオの右腕をバスケットに入れ、ランベルソの町に着いたのは、午後三時になろうかというときでした。

やってきたはいいものの、赤ずきんは「おやゆびいちざ」というのがどこにあるのかわかりません。そもそもこの大きな町に来たのは三、四回しかなく、道もよくわからないのです。誰かに訊ねるしかないわねと大通りを歩いていると、おじいさんとおばあさんが喧嘩《けんか》をしているのに出くわしました。

「くそじじいめ、この犬の置物よりこっちはあたしの縄張りだよ。そのまずいスイカの葉っぱ一枚でもこっちに落としたら承知しないって、何度言ったらわかるんだい！」

「うるさいばばあだ。俺の見ていないあいだに、犬の置物を動かしやがったな。そんな小汚いお面、売れねえからとっとと店を閉めちまいな！」

二人とも車輪のついた移動式の屋台で、おじいさんのほうはスイカを、おばあさんのほうはお面を売っているらしいのです。スイカの屋台はスイカ柄の布、お面の屋台は真っ赤な布でそれぞれ装飾がされていて可愛いのですが、売っている人がこうもがみがみ言っていたら台無しです。

「すみません、道を訊《き》きたいんだけど……」

「おやお嬢さん、スイカはいらんかね」

おじいさんはすぐに商売人の顔になって言いました。

「やめときなさいよそんなスイカ。水気がなくってスッカスカ。毎日そばで見てるけれど、売れたのを見たことがないわ」

「毎日買っていく覆面紳士がいるわい」

「ふん、顔も見せず、決まって七八三グラムのスイカを買っていくなんて気味が悪い。それよりお嬢さん、あんた、来月のお面舞踏会の準備はすんだの？　まだならこの機会に買っていきなよ」

「よせよせ、こんなくそばばあのお面なんざ臭くて、顔につけたとたんに窒息《ちっそく》しちまう」

「もういっぺん言ってみな、このスイカじじい！」

「何度でも言ってやらあ！」

　これじゃあ道を訊くどころじゃありません。

「ごめんなさい。また来るわ」と立ち去ろうとしたところ、どすんと大きな人にぶつかりました。身長は二メートルはあるでしょうか。お腹が出ていて、人懐《なつ》こそうなたれ目です。立派な制服を着て、イカのような三角形の妙な形の帽子を被《かぶ》っています。

「お二人さん、喧嘩はいかんねえ。町の平和が乱れちまうよお」

「おお、これはこれはランベルソ自警団のプーナンさんか」

　スイカ売りのおじいさんが言いました。自警団というのは、悪人を取り締まり、町の平和を守る団体のことです。どうりで立派な身なりだわ、と赤ずきんは思いました。

「じいさん。こないだ買ったあんたんとこのスイカ、まずかったねえ。中味がスッカスカで軽くてさ。先週の土曜の明け方、東の空をぴゅーっとスイカが飛んでいったけど、あれ、あんたんとこのスイカじゃないかーい?」

しゃべり方がおっとりしていて、どうにも頼りない感じです。いくら軽くったって、スイカが空を飛ぶなんて、ありえません。さっさと道を訊いてこの変な人たちとサヨナラしましょう。

「自警団のプーナンさん。私、『おやゆびいちざ』へ行きたいの」

「ん?」プーナンは、その溶けてしまいそうなたれ目で赤ずきんの顔をまじまじと見つめましたが、すぐに「お嬢さん、これに似てないかーい?」と、飾られている少女のお面の一つを指さしました。

「本当だわ。似てるわね」

お面売りのおばあさんが同意します。たしかに、赤ずきん自身も、自分の顔に似ているかもしれないと思うほどでした。

「これも運命だよお嬢さん。この女の子のお面、買っていきなさいよ」

「大ぼけもいい加減にしろ、ばばあ。自分とそっくりのお面をつけたんじゃ、お面の意味がねえじゃねえか」

「ねえ、誰でもいいから私の話を聞いて……」

赤ずきんがほとんどすがるように言ったそのとき、

「お嬢さん! あんた、珍しいショウを見たくないかい?」

急に視界に、黒い塊《かたまり》が割り込んできました。その顔を見て、あっ、と叫びそうになりました。森の中でピノキオを運んでいた二匹の猫のうちの一匹でした。赤ずきんのバスケットにはハンカチがかけられているので、ピノキオの腕が見られることはありません。

「俺はこの先の《親指一座》のロドリゴっていう座員さ。あと五分で、ショウが始まるよ」

どこか興奮した様子で黒猫は言いました。好都合だわ、と思いました。

「私、ちょうどそのショウを見たかったの！」

「そうかい、ついておいでよ！」

ラッキーだわ——。赤ずきんは、そのロドリゴという名の黒猫について歩き出しました。大通りを突き当りまで行き、右に外れ、東へと進んだところが広場になっていました。大きなテントが三つ並んで張られており、ひときわ派手なテントに《親指一座》と看板が出ていました。すべての髪を頭頂部に集め、てかてかの塔のように立てた白塗りのピエロがいて、タンバリンを叩きながらにぎやかに呼び込みをしています。

お金を払って中に入ると、小さな舞台がありました。六十人ぐらい入れそうな客席の、半分ぐらいが埋まっています。

「赤いずきんのお嬢さん、ここがいいよ、特等席さ」

黒猫のロドリゴは、最前列の真ん中の席へ赤ずきんを誘導すると、すぐに立ち去りま

した。言われるがままに座ると、

「やあ」

右隣に座っていた青年が挨拶《あいさつ》をしてきました。紫色の、見るからに高価《たか》そうな服を着ています。くせっ毛の前髪が額にかかり、ハンサムでした。きっと貴族だわと思いつつ、赤ずきんはふと気になって頭上を見ます。

なぜか、テントの一部が丸く切り取られていて、空が見えていました。

空気の入れ替え用かしら。それとも、明かり取り？　そんなことを思っていたら、軽快な音楽が流れはじめました。

舞台に楽団が現れました。森の中で見たキツネもいます。ピノキオの右腕が、アントニオという名だと告げていたそのキツネは楽器を持っておらず、乳母車《うばぐるま》ほどの荷車を押していました。荷台には、つぼみの状態のチューリップが一本植えられた植木鉢が一つ――。

「わ〜た〜しは〜、花の国からやって〜きた〜」

どこからか歌声が聞こえてきたかと思うと、チューリップの花がゆっくり開いていきます。花の中に、小さな女性が座っていて、テントじゅうに響く声で歌っているのでした。

「お〜んな〜のこ〜、おやゆび〜ひ〜め〜！」

女の子と呼ぶには少し年齢を重ねすぎのようでした。小さな体と、顔に塗りたくったお化粧でごまかしてはいますが、たぶん四十歳は超えているわね、とシビアな赤ずきんでした。

「ようこそ、わが《親指一座》の公演へ。私が座長の親指姫ですわ。……あら、今日はかんばしい客の入りとはいえませんわね。ここのところ、わが一座の懐《ふところ》具合はこがらしぴゅうぴゅう状態でございますわ。みなさん、もし楽しんでくださいましたら、余計にお金を置いていっていただければ。ミラ、これへ！」

楽団の音が激しくなるとともに、どこからか一羽の燕《つばめ》が飛んできて、植木鉢にとまりました。親指姫がその背中に乗ると、燕はさっと飛び立ち、テントの丸く切り取られた穴から出ていきました。ああ、そのための穴だったのねと、赤ずきんは拍手をしながら燕を見送りました。

さて、いよいよショウの始まりです。

「コケーッ！　クックックック」

まず初めに現れたのは、白塗りの顔に、目の周りだけを黄色く塗り、十羽のニワトリを引き連れたニワトリ使いでした。ニワトリたちは小さな台を積み重ねて作った階段を上り、綱渡り、ブランコ乗り、レンガで作った障害物越えと、なんでもよくこなしました。その中に、一羽だけでっぷりとした黄色いニワトリがいました。まったく芸をせず、舞台の端《はし》っこに座っているので赤ずきんはずっと気になっていたのですが、最後になってピエロが抱きかかえると、ぽんと金色の卵を二つ産んだのです。

「コケー、クック。プレゼント」

ニワトリ使いはそれを拾い上げ、最前列に座っている赤ずきんに、両方とも差し出してきました。

「あ……ありがとう」

卵は二つとも、紛《まぎ》れもなく金でできているようです。金の卵を産むニワトリなんて、絵本の中にしかいないと思っていました。

でも、金なんてお客に気前よくあげてもいいものかしら。これを売れば懐具合がこらしぴゅうぴゅうという状態から脱却できるんじゃないかしら――。

「なかなかいいものをもらったね」

隣のくせっ毛ハンサム貴族が言ったので、そんな疑問を押し殺し、赤ずきんはそれらを上着のポケットに入れました。

続いて出てきたのは黒猫ロドリゴと三毛猫パオロのコンビ。彼らはジャグリングが上手で、ボールやコップをそれはそれは見事に放り投げたり受け取ったりして愉快でした。

その後は塔頭のピエロの進行で、ガチョウのシーソー芸、二頭の熊のバーベル上げに、イタチの樽《たる》乗りと続き――、また、赤ずきんの知っている顔が出てきました。

「今からご覧に入れますのは、東洋仕込みの魅惑のグラスタワーでございーい」

キツネのアントニオです。彼が恭《うやうや》しくお辞儀をする背後に、ロドリゴとパオロがテーブルを運んできます。アントニオが光沢のあるテーブルクロスを敷くと、二匹の猫は、ワイングラスをひょいひょいとピラミッドのように積み上げていきました。頂上から赤ワインが注がれ、溢《あふ》れたワインは下のグラスへと伝わり落ちていきます。やがてすべてのグラスがワインで満たされると、アントニオは声を張り上げました。

「ご注目！　このワインを一滴もこぼすことなく、テーブルクロスを引き抜いて見せます！」

両前脚でテーブルクロスの端を握り、じっと集中します。と、その顔が歪《ゆが》んでいきます。緊張の一瞬――と、

「は、は、はーっくしょん！」

アントニオがテーブルクロスを引く瞬間、くしゃみをしました。

「きゃあ！」

積み上げたグラスは倒れませんでしたが、こぼれたワインのしずくが赤ずきんに向かって飛んできました。両手で防いだので顔は無事でしたが、自慢の赤いずきんと上着に、ワインがかかってしまいました。

「ちょっと、何をするのよ！」

「へ、へへへ」アントニオは、ばつが悪そうに笑います。「いいじゃないですか。お客様は赤い被り物。赤ワインのシミは目立ちません」

何て言い草でしょう！

「上着には飛んだわ。失敗でしょ？」

「いいえ。グラスの山はほら、このとおり、ねえみなさん？」

客はまばらに拍手をします。赤ずきんはさらに文句を言ってやるため舞台に上がろうとしましたが、ずきんを後ろから誰かに引っ張られました。

「やめときなよ。今のは面白い嘘だ」

くせっ毛の彼が笑っていました。嘘ってなんのことよ――？

「さーあ、お次はいよいよ、最後の演目ですよ！」

アントニオが何もなかったかのように大声を張り上げます。パオロがワイングラスのテーブルを舞台の袖へ引っ込め、ロドリゴが平均台を出してきます。

「世にも怪《あや》しげな木の人形。夜な夜な、ひとりでに動くというのですが、みなさんの前ではどうでしょう。ピノキオ人形、熊とともに登場です！」

あっ！　赤ずきんは怒りも忘れました。ついに登場です。

アントニオが引っ込むと同時に出てきたのは、さっきバーベルを上げていた熊と、木の人形でした。熊は前脚に紐のついた操り棒を持っていて、つながった紐に括《くく》りつけられた木の人形が、熊の前をひょこひょこ歩いているのです。まん丸の顔に目鼻をつけ、口のくぼみを穿《うが》っただけの代物でした。丸太をぶった切ったような胴体で、腰に大きな裁《た》ちばさみをぶら下げ、右腕はほうきになっていました。一座の誰かが間に合わせで取りつけたに違いありません。

熊に操られ、ぎこちない動きでほうきの右腕を客席に振って見せたあとで、ピノキオは平均台に載せられました。そして熊が操るのに合わせ、そろり、そろりと歩いたあとでわざとらしく踏み外し、平均台の上に倒れてしまいます。

「もういやだよ。ぼくは、自由になる」

棒読みで言うと、ピノキオは左手に裁ちばさみを握り、自分を操っている（という体《てい》の）紐をぱちん、ぱちんと切りました。やがてすべての紐を切ってしまうと、平均台の上で足踏みを始めました。ひとりでに動く木の人形。その奇妙な光景に、客席全体がざわめきます。注目を浴びる中、ピノキオは踊り出したのです……が、なんてへたくそなダンスでしょう。リズム感はまるでなし、左腕はぜんぜん上がっておらず、右腕なんてほうきです。いやいややらされているという感じが明らかでした。

「あっ！」

ピノキオの足がずるりと滑りました。今度はわざとではなく、本当のミスのようです。体勢を立て直そうとすると、切れた紐が手足に絡《から》みつきます。

「うわうわわー」

バランスを崩し、平均台から転落したばかりか、紐の塊となって客席へ転がり落ちてきました。左手はまだ、鋭い裁ちばさみを握ったままです。

「わっ！」

くせっ毛が叫びました。彼の鼻先数センチのところに、裁ちばさみの刃がありました。客席がどよめきます。

「ピノキオっ！ 何をやっていますのっ⁉」

座長の親指姫が、血相を変えて舞台に飛び出してきました。見世物上の演出などではなさそうです。

「本番前にきちんと練習をしておきなさいと、あれほど言ったでしょ！」

「練習したよ……」

その瞬間、にょーん——ピノキオの鼻が伸びました。

「この期《ご》に及んでよく嘘なんてつけましたわね。あなたが逃げ出したことは、アントニオとロドリゴから報告を受けていますわ。すぐ、引っ込みなさい！」

「ご、ごめんなさい……。でもぼく、動けない」

すぐさまロドリゴとパオロが飛び出してきて、ピノキオを抱えました。

「待って！」

立ち上がった赤ずきんを、二匹の猫が睨《にら》みつけます。

「その人形は、見世物になるのを嫌がっているわ。私に引き取らせて！」

「はあ？」ロドリゴが顔を近づけてきました。「どういうことだい？」

「私が、その人形を引き取りたいのよ」

客席は水を打ったように静まり返りましたが、やがて、

「おーっほほほほ」

親指姫が笑い出しました。

「よろしいわ、おかしなずきんを被った、おかしなお客様。その木偶《でく》人形を、金貨百枚でお譲りしましょう」

「金貨百枚ですって？　そんなお金、持っているわけないでしょ」

「そうよね、ブッヒブルクの子豚の三兄弟ではありませんものね」

「……何の話？」

「私が目指している裕福な権力者の話ですわ。まあ、あなたみたいな貧乏人には一生縁のない名前よ。とにかく、タダでピノキオを渡すわけにはいきません。こんな役立たずでも、見せ方次第では稼ぎようがありますもの」

「上品な口調で、下品なことを言う人ね」

親指姫の目が吊り上がりますが、赤ずきんは怯《ひる》みません。

「そもそも、あなたはピノキオをだまして、見世物にしているんでしょう?」

ピノキオの顔が、赤ずきんのほうを向きました。

「人聞きが悪いお客様ですわねっ!」

親指姫が怒鳴り、テント全体がびりりと震えました。蹴っ飛ばしたら飛んで行ってしまいそうな小さな体のどこに、こんな声を出せる力があるのでしょう?

「熊たち、この子をつまみ出しなさい!」

熊が舞台を降り、素早く赤ずきんのことを持ち上げました。

「やめてやめてやめてー!」

足をばたばたして赤ずきんは抵抗しましたが、熊の力にはかなわず、ぽーんとテントの外へ投げ出されてしまいましたとさ。

めでたし、めでた……

3.

「ちっともめでたくなんかないわっ!」

赤ずきんは叫びながら、体を起こしました。

ぎーっとドアが開いて、お母さんが顔を覗《のぞ》かせました。

「どうしたの?」

自分の部屋の、ベッドの上でした。昨日、《親指一座》のテントで受けた仕打ちを、夢で見ていたようです。あー腹立たしいわと枕元を見ると、ピノキオの右腕がありました。

「あんたのせいよ」

叩くと、指がぴくりと反応します。

「なにを八つ当たりしているのよ。朝ご飯、用意してあるから食べちゃいなさい」

「……はーい」

赤ずきんはベッドから出て、着替えました。上着には、キツネのアントニオにつけられたワインのシミが残っていました。ほんとに嫌になっちゃうわ、とポケットに手を入れます。何か丸いものがあり、握ってみるとぐしゃりと潰れました。引き出した手に、白い殻と黄身がついています。

「生卵?」

思い出すのは再び、昨日の《親指一座》のショウです。最初に出てきた白塗りのニワトリ使いが卵をくれました。たしか金の卵だったはずですが……

「あーもう!」

赤ずきんはタオルで手を拭《ふ》き、ピノキオの右腕を手にリビングへ行きました。腕をテーブルに置き、椅子の背にかけてある赤いずきんを被ってミルクを飲むと、いくぶん気分は落ち着いてきました。そして、パンを一口かじったそのとき――。

どん、どん！　どん、どん、どん！

ドアが叩かれたのです。

「ど、どなた？」

お母さんが訊ねると、乱暴にドアが開いて制服姿にイカのような三角形の帽子を被った男たちが四人、入り込んできました。

「あ」

四人のうちの一人は見覚えのある、たれ目の大男でした。自警団のプーナンさんです。

「むおっほん！」

ひげを生やしたおじさんが妙な咳《せき》ばらいをします。四人の中でもっとも小柄ですが、もっとも偉そうな態度です。

「赤ずきんというのは、君かね？」

「見りゃ、わかるでしょう」

むおっほん、とその男性はもう一度咳ばらいをして近づいてくると、パンを持ったままの赤ずきんの手首をつかみました。

「キツネのアントニオ殺害の容疑で、君を逮捕する」

たれ目のプーナンさんが両手を伸ばし、ひょいと、赤ずきんの体を持ち上げます。赤ずきんはとっさに、ピノキオの右腕を拾い上げました。

「待ってよ。なんのことだか……」

「目撃者がおるんだ。運べ、ランベルソへ！」

プーナンさんは歩きはじめました。

「赤ずきん！」

叫ぶお母さんを、残りの二人が取り押さえました。

4.

《親指一座》の見世物テントの周りは、野次馬たちでごった返していました。プーナンさんは中に入ると、ようやく赤ずきんを下ろしてくれました。

アントニオの死体がすぐ目に入りました。舞台の中央で、両手両足を広げて仰向けに倒れているのです。そばには黒猫のロドリゴがしゃがみ込んで、「兄貴、兄貴……」とむせび泣いています。三毛猫のパオロはその後ろで呆然《ぼうぜん》としていました。

「むごいことに、首を絞められて殺されておるんだなあ。君がやったんだろ」

「私じゃないって」

「むおっほん！　目撃者がおると言ったろうが」ひげのおじさん――ランベルソ自警団長のジョゼフが、客席の最前列を指さしました。赤ずきんが昨日座っていたまさにその位置に、ピノキオがいました。

ただし、首から上だけです。〝いました〟というより〝置いてありました〟といったほうが正確なくらいでした。

「むおっほん！　木偶人形ピノキオよ、お前が見た犯人はこの、赤ずきんであるな」

ピノキオはその、黒ずんだえんどう豆のような目で赤ずきんのことを見つめていましたが、やがて申し訳なさそうに、

「……うん」

と答えました。

「何を馬鹿なことを言ってるの？」

「黙れ赤ずきん。ピノキオよ、詳しく話すがよい」

「ぼく、昨日、ショウのあと、座長にさんざん叱られて『バラバラお仕置き』を受けたんだ。前にもやる気が出なくて本番でたらめに踊って、右手を客席に飛ばしてお客さんのはげ頭にパンチをしてしまったときにも、同じお仕置きを受けたんだけどね」

「前のことはいい！」ジョゼフ自警団長は怒りました。「昨日から今日にかけてのことだけを言うんだ」

「わかったよ。ぼくは頭を外されて、物置テントに置き去りにされた。首から下はロープでぐるぐるに縛られて、座員テントさ。今でもまだ、縛られている感覚がある」

座員テントというのは、座員たちの宿泊用テントのことだそうです。

物置テントのテーブルの上に放置されたピノキオの頭は、動けないまま自分の境遇を嘆き続けていましたが、明け方、突然跳ね上がり、物置テントを飛び出して見世物テントの屋根に落ちたといいます。ころころ転がった先にあの、燕の出入りする穴がありました。すとんとテントに入り込み、昨日赤ずきんが座ったその席に落ちたというのです。

「ちょっと待ってよ」

赤ずきんは思わず声をあげました。

「なによ、『突然、跳ね上がり』って？」

ジョゼフ自警団長はうるさそうな顔をしていましたが、「おい」と合図をしました。自警団員の一人が、どこかから黒板を持ってきます。そこには妙ちきりんな図が描いてありました（三一ページ・図1）。

「物置テントの中をあれこれ調べた結果、昨日、こういう状態でショウの大道具が片付けられていたことがわかった」

ニワトリの芸に使う小さな台を五つ重ね、その上にイタチの乗る樽が載っていて、樽の中には熊のバーベルが分解された状態で入っています。何とも不安定なその樽のすぐ脇にテーブルがあり、ガチョウのシーソー芸に使われている平たい板が天板からはみ出た状態で置かれています。ピノキオは、そのテーブルの上にある平たい板に載せられていたのです。

「何らかの拍子で、この不安定な樽がはみ出たシーソー板に落ち、板が跳ね上がってこの人形の頭が飛んだんだ」

「なによ『何らかの拍子』って」

「これだけ不安定な状態だったら、あるだろう、そういう拍子が」

「でも、誰がそんな不安定な片付け方をしたの？」

「片付けなんて誰がしたっていいだろう。とにかくピノキオは『偶然の目撃者』ということになるんだ」

もっと訊きたいことはありましたが、「むおっほん！ ピノキオよ、先を話せ」とジョゼフ自警団長が咳ばらいまで早くして促したので、黙るしかありませんでした。

「ぼくがここに落ちたとき、舞台上から喧嘩するような声が聞こえていた。見たら、仰向けになったアントニオの上に赤いずきんを被った女の子が膝をついていて、紐で首を絞めていたんだ」

ピノキオの声は震えていました。

「『やめなよ！』とぼくは叫んだ。すると赤いずきんの犯人はアントニオの首をぐっ

（図1）

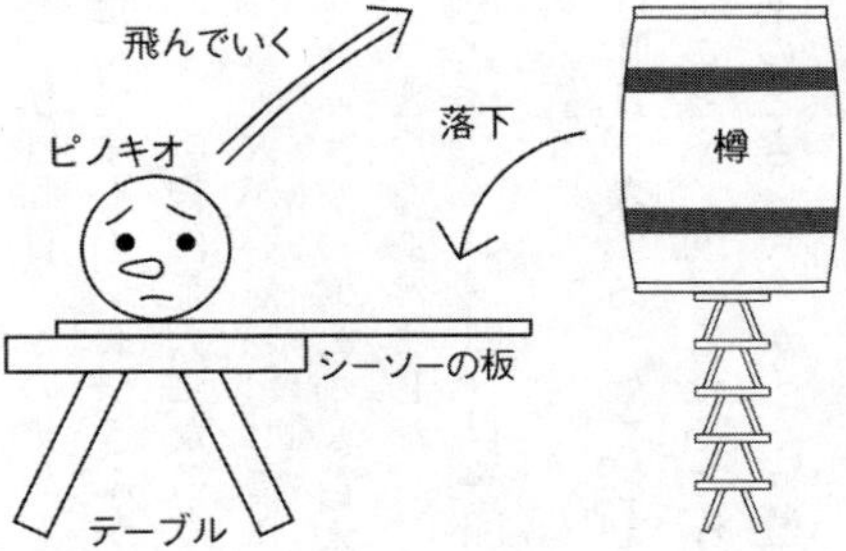

と絞めながらぼくのほうを向いた。それが……今、そこにいる女の子さ」

「だから、どうしてそんな嘘を言うのよ！」

「嘘じゃないですわね」

赤ずきんの反論を、すぐに否定する声がありました。舞台の端っこにチューリップの鉢植えが置かれています。そのチューリップの花をまるでソファーのようにして座長の親指姫がくつろいでいるのでした。

「あなたも客としてその席で見ていたんじゃなくて？　ピノキオは嘘をつくと、鼻が伸びるのですわ」

そうでした。昨日、言い訳をしたピノキオの鼻はにょーんと伸びたのです。今、「アントニオを殺したのは赤ずきんだ」と証言したピノキオの鼻は少しも伸びていません。ということは、この証言は本当ということになるのです！

「いやいやいやいや」

赤ずきんは手を振りました。

「おかしいわ。私は昨日、このテントを追い出されてから家に帰って、今朝までぐっすり眠っていたんですもの。お母さんが証人よ」

「むおっほん！　肉親は証人にならん」

「あっ。他にも証人がいるわ。ここに！」

赤ずきんは、バスケットの中から木の右腕を取り出しました。《親指一座》の面々が揃《そろ》って「あっ」と声をあげました。

「なんだねそれは？」ジョゼフ自警団長が目を細めます。

「ピノキオの右腕よ」

赤ずきんは昨日、森であったことを話しました。そのあと、ピノキオの右腕がペンをもって語ったことや、助けるために赤ずきんがランベルソの町までやってきたことまで。

「あんた、あのときいたのか……」泣きはらした目を赤ずきんに向けて言ったのは黒猫のロドリゴでした。

「君が拾ってくれたのか！」

ピノキオは叫びました。

「ペンを握らせてくれたのも君だったんだね。ぼくは必死に思いを紙に書いたんだ」

手足は胴体から外れてしまっても、感覚はあるし、本人の意思で動かすことができる
――改めて、何と不思議な人形なのでしょう。

「ぼくの右腕を拾ってくれてありがとう。そして、ランベルソまで来てくれてありがとう」

「どういたしまして。自警団長さん、ピノキオの右腕と私は、一晩中同じベッドにいたわ。犯人じゃないという証明になるでしょう？」

「こんなのは、初めてだ！」

ジョゼフ自警団長はイカ帽子の下の頭をぐしゃぐしゃと掻《か》きむしりました。

「頭は赤ずきんの犯行を証言し、右腕は無実を証明するだと？　犯行の目撃者と現場不在証明の証言者が同一なんて聞いたことがないぞ！」

「ねえねえ」

チューリップから降りてきた親指姫は、舞台の突端まで歩いてきてジョゼフ自警団長に手を振ります。

「自警団長、大きな勘違いをしていませんこと？　右腕は赤ずきんのアリバイを証明しないわ。目がありませんもの」

「目が、ない？」

「それともピノキオ、赤ずきんがベッドで寝ているところを、あなたの右腕は『見ていた』というの?」

「いいや……」ピノキオは残念そうに答えました。「座長の言うとおりだよ。右腕がふかふかのクッションの上にあるような感覚はあった。だけど、そばでこの子が眠っていたかどうかなんてわからない。右腕には何も見えないし、何も聞こえないから。信用できるのはこの目のほうだ。ぼくはたしかに明け方、その舞台でこの子がアントニオを殺して、客席の後ろのほうへ逃げていくのを見たんだ」

「なによ、あなた!」赤ずきんは足を踏み鳴らしました。「さっきは『ありがとう』って言ったじゃない」

「『ありがとう』という気持ちは本当だよ。でも、君がアントニオを殺すのを見たのも本当さ」

憎たらしいことに、その鼻はぴくりとも動きませんでした。なんて木偶《でく》の坊《ぼう》かしら!

さっ、と赤ずきんの両脇に自警団員たちが立ちました。ジョゼフ自警団長が赤ずきんを睨みつけました。

「赤ずきんよ、昨日ショウを観ているとき、舞台の上のアントニオにワインをかけられたそうだな。それを恨《うら》んでの犯行だろう?」

「そんなことで殺すわけないでしょ」

「黙れ！　ランベルソの自治法では、殺人を犯した者は即ギロチンで首を落とされることになっている。……まあ、アントニオは〝人〟ではないが、座員登録をされているので人と同じ権利を有すると判断されるだろう。お前たち、今すぐ赤ずきんを刑場へ！」

「待って！　待ってって！」

「見苦しいですわ。ピノキオが嘘をついていないのは明らかですわよ」

親指姫が意地悪く言った、そのときでした。

「それはどうだろうな」

客席の後ろから若い男性の声がしました。一同が一斉に振り返ります。最後列の隅の席に、腕を組んで腰かけているのは、紫色の服に身を包んだくせっ毛のあの青年でした。

「誰だお前は？」ジョゼフ自警団長が怖い顔で近づいていきます。

「これはこれは自警団長殿、申し遅れました。僕は由緒正しきほら吹き一族、ミュンヒハウゼン男爵《だんしやく》家の次男、ジルベルト・フォン・ミュンヒハウゼンです。どうぞジルと呼んでください」

恭しく頭を下げるその姿がなんともお道化《どけ》ています。

「ほら吹き男爵の次男だと？」

「ええ。家督は兄貴が継ぐことになっていますから、僕は気楽なものです。今はハニーファー大学にて『嘘つき学』を専攻しています。まあ、学者のタマゴということになりますね」

　くるくるしたくせの強い黒い前髪を、右手の人差し指でぴんと弾くその姿は、何とも気障《きざ》でした。ジルは唖然《あぜん》としている自警団長の前を通りすぎ、ピノキオの頭の前までやってきました。そして、ポケットから赤いチーフをさっと出してピノキオの眼前に広げたのです。

「やあピノキオ。僕の質問に答えてくれるかい」

「え、いいけど」

「このチーフの色は何色だい？」

「赤だよ」

　もちろん、ピノキオの鼻は伸びません。

「じゃあお手数だが、『このチーフの色は緑色だ』と言ってもらえるかい？」

「うん。このチーフの色は緑色だ」

　にょーん。ピノキオの鼻は伸びました。それを見てジルは「すばらしい！」と恍惚《こうこつ》の表情を浮かべます。

「嘘をつくと鼻が伸びる。かくも珍しく愛しき人形がこの世に存在するなんて、嘘つき学史に残る大発見だ」

「何を言っていますの、このおぼっちゃまは」

呆れる親指姫を無視するようにジルは、「次の実験に移らせてもらうよ」と言いました。

「ピノキオ、君の鼻はどうやったらもとに戻るんだい？」

「嘘をつきました、反省しています。嘘をつきました、反省しています」

二回繰り返すと、ぴゅるりりと鼻は縮んでいきました。ジルは左手を軽く握り、右手でさっきの赤いチーフを押し込みます。チーフは左手の拳の中にすっかり隠れてしまいました。

「さあピノキオ、僕の左手の中にあるチーフは、何色だい？」

「赤だよ」

ジルはにやりと笑い、左手を開きました。出てきたのは真っ白なチーフでした。

「わあ、赤じゃなかった！」

驚くピノキオの鼻は、伸びま、せ、ん。

「ただのマジックじゃありませんこと？　うちの座員のほうが上手ですわ」

親指姫がぴょんぴょん飛び跳ねますが、ジルは動じません。

「僕が証明しようとしたのは、現象を起こす要件です。ピノキオの中にある嘘の定義と言い換えてもいい」

「はあ？」

「マダム親指姫。あなたは考えたことがないかもしれないが、嘘にはたくさんの種類があるんです。細かな分類講義をここで展開するつもりはありませんが、『虚偽』と『誤認』の違いについては理解できましたでしょうね？　いささかフラットな言い方をすれば『だまし』と『カン違い』の違いということになりますでしょうか。どちらも事実と異なることを言っているという点では共通している。ただ、『だまし』は本人が事実と違うことを知っていながら言う〝嘘〟であり、『カン違い』は本人が事実と思い込んでいるうえでの発言です」

親指姫は眉をひそめたまま黙り込んでいます。見世物テントは、大学の教室のようになってしまいました。

「むおっほん！」

その雰囲気を、ジョゼフ自警団長の咳ばらいが切り裂きました。

「つまり、ピノキオの証言はカン違い、思い込みだと、君は言いたいのかね？　アントニオを殺したのは別の人間で、犯人が赤ずきんだったという カン違いだと」

「その可能性は現時点では否定できない、という意味です」

臆面もなく難しげな言い回しをします。しかし赤ずきんは、この気障な貴族の息子が自分の冤罪《えんざい》を晴らす糸口を与えてくれたのだと思いました。

ジルはピノキオに質問します。

「ピノキオ。赤ずきんがアントニオを殺してテントを出ていくまでのあいだ、彼女と会話をしたのかい？」

「い、いいや……」

「テント内の明るさはどうだった？」

「舞台上のランプが一つついてるだけだった。薄暗かった」

「それを踏まえてもう一度訊こう。君が見たアントニオを殺した者は、赤ずきんだと何が何でも言えるかい？」

「う……うん」

にょーん。ピノキオの鼻が伸びます。赤ずきんは思わず快哉《かいさい》を叫びます。

「見てよ！　ピノキオは、私だとはっきり言い切れないんですって」

「なんてことなの！」

親指姫は両手を頬に当てました。ですが、数秒して、ほ、ほ、ほ、と笑いました。

「よろしくってよ。そこまで言うなら赤ずきん、アントニオを殺した本当の犯人を連れてきてくださいませんこと？」

「なんですって？」

「あなたの疑いが晴れたわけではないことをお忘れなく。本当の犯人が見つからなければ、やっぱりあなたが犯人よ。そうなりますわね、自警団長」

「むおっほん！　そのとおりだ」

「そうだわ。ギロチンをここに運ばせてくださらない？　首切り役人も呼びましょう」

「何をするつもりなんだ、座長？」

ジョゼフ自警団長が訊ねます。

「決まってますわ。見世物にするのです。大切な団員を殺されてタダですますわけにはいきませんもの。赤ずきん、今日のショウで、あなたは真犯人を明らかにする。それができなければ、公開処刑よ」

「な、なんですって？」

「ショウタイムは午後三時。ほ、ほ、ほ。《親指一座》始まって以来の、エキサイティングな見世物になりそうですわね」

厚化粧の小さな顔に浮かぶ、残忍な笑み。赤ずきんは心の底から、ゾッとしました。

5.

そうと決まったらお客の呼び込みをしなくっちゃと、親指姫は座員たちを引き連れ、上機嫌でテントを出ていきました。

ジョゼフ自警団長は「赤ずきんが逃げぬよう、見張っておけ」とプーナンさんに命じると、ギロチンと首切り役人を調達するため、他の自警団員を連れて去っていきました。

そういうわけで見世物テントに残ったのは、赤ずきんとピノキオの頭、プーナンさんに、ほら吹き青年貴族のジルです。

「ありがとう」

ひとまず赤ずきんは、ジルにお礼を言いました。

「別に」

ジルはいたってクールなものです。

「マダム親指姫は、『嘘』という言葉を安易に使いすぎる。嘘つき学の研究者として、また、名門のほら吹き一族の出身者として、それが許せなかっただけさ」

やっぱり気障な言い方だわ、と赤ずきんは思いました。

「僕は別に君の無実を証明する手伝いはしない。ただ、君の言うとおり別に犯人がいたとして、いったいどうやってピノキオにカン違いをさせたのか、気になるだけさ。ある意味では、親指おばさん座長よりも午後三時のショウを楽しみにしていると言ってもいいだろうね」

赤ずきんはむっとしました。お礼を撤回しようかしらとすら思いました。

ジルは気にした様子もなく続けます。

「しかし君はどうするつもりだい？　正直なところ、状況をひっくり返すのは至難《しなん》の業《わざ》に思えるけど。君によく似た人間が、アントニオを殺すのをピノキオくんが目撃したのは事実なんだ。そんな人間に心当たりはあるかい?」

いいえ、と素直に答えてしまうのは悔しい気がしました。自分によく似た人間なんて……と考えて、あれ? と思いました。ごく最近、自分によく似た顔をどこかで見た気がします。

「それにしても君はとことんついてない人間だね」ジルはさらに得意げに続けるのでした。「こんなに嘘のつけない『偶然の目撃者』に犯行を証言されてしまうなんて」

偶然の目撃者……ジョゼフ自警団長もそんなことを言っていました。偶然……本当に偶然かしら……と考えを巡らせます。

「おかしいわ」

「何がさ?」ジルが訊きます。

「もし私が犯人なら、目撃者のピノキオを持ち去るわ。相手が人間なら、丸め込むなり殺すなりしなきゃいけない。でも人形の頭なら持ち去って、川に流しちゃうか、斧で叩き割って暖炉に放り込んじゃうかすればいいだけの話」

「怖いこと、言わないでよお……」

ピノキオが哀れな声を出します。

「ごめんなさい。私が言いたいのは、犯人はどうしてあなたをそのままにしておいたのかってこと。きっと目撃者が欲しかったのよ」

「でもその目撃者は偶然、ここへ飛んできた」

ジルはテントの天井の穴を見上げました。

「作られた偶然だったとしたらどうかしら？　ねえピノキオ、跳ね上がってしまう前に何か見なかったの？」

「ジョゼフ自警団長の言ったとおり、樽が落ちてきて板が跳ね上がった気がする」

「誰かが樽を落としたんじゃない？」

「それはないなあ。日が暮れてからというもの、物置テントには誰も入ってこなかったし」

鼻は伸びません。

「物置テントの中を調べる必要がありそうね。でもピノキオ、まずはあなたの体を取り戻しに、座員テントへ行きましょう」

「えっ？」

「そのあと、私と一緒に捜査をするのよ」

「どうして？」

「捜査には、助手が必要なの。目撃者が助手だなんて、こんなに心強いことはないわ」

犯人捜しに失敗すれば命が危ないということも忘れ、赤ずきんは少し愉快な気分になってきました。

赤ずきんはピノキオの頭をひょいと持ち上げ、バスケットに入れます。プーナンさんはちらりとこちらを見ただけで、何も言いません。

見世物テントを出て、ピノキオの案内で座員テントへ向かいます。見張り役のプーナンさんがのっそりついてくる後ろから、ジルもついてきました。

「なんでついてくるのよ」

「面白そうだからね。迷惑かい？」

「好きにすればいいわ」

張られているテントは三つかと思っていましたが、実は四つあるそうです。見世物テントから見て右側にあるのが座員テント、左側にあるのが物置テント、その二つの間にある花柄の小さいテントが座長の親指姫専用のテントだそうです。

座員テントの前には、出入り口を塞《ふさ》ぐようにして岩のように大きな体の自警団員が一人、立っていました。

「中に入れてくれないかしら？」

「容疑者が偉そうに何を言う！」

岩男は赤ずきんの顔を睨みつけます。

「ピノキオの体を取りに来たのよ。頭だけじゃかわいそうだわ」

「ピノキオは『バラバラお仕置き』の最中だとマダム親指姫が言っておる！　そもそも、容疑者の分際で証拠品を勝手に現場から持ち出すな！」

どん、と岩男は足を踏み鳴らしました。

「証拠品？」

「その人形の頭だ」

「これは証拠品じゃなくて、目撃者よ」

「事件当時、現場にあった物品を『証拠品』というのだ。知らんのか！」

たしかに。ピノキオは目撃者であると同時に証拠品でもあり、しかもアリバイの証言者になり損ねています。そして今まさに、捜査助手にもなり損ねつつあるのでした。

「しっかりしろ、プーナン。お前、見張りだろ？」

「ええ、いやあ、あまりに自然に赤ずきんが持っていくものだから、いいものかと思って」

「これは俺がもとに戻しておく！」

「わっ、わっ！」

岩男は、赤ずきんのバスケットからピノキオの頭を奪うように取り上げ、見世物テントへ向かっていきます。

「ああ、持っていかれちゃった……」

「くよくよしていてもしょうがないさ。物置テントを調べようよ」

ジルが肩をすくめました。この余裕が赤ずきんの神経を逆なでします。

「わかってるわよっ！」

赤ずきんは物置テントへ向かいました。ジルとプーナンさんもついてきます。

こちらには見張りは立っておらず、簡単に入ることができました。見世物テントの四分の一ほどの広さでしょうか。中心に大きな柱があり、天井部分との接点にランプが一つ下がっていますが、点灯はしていません。それでも暗くないのは、出入り口から見て左右の天井付近に一か所ずつ、布が切り取られたような穴があいているからです。

「あそこから飛び出たんだろうな、ピノキオくんは」

右のほうの穴をジルは見上げていました。そちらが、見世物テントに近いのです。

「やっぱり、燕の出入り口かなあ」

「空気の入れ替え用かもしれないわ」

「雨が降ったらどうするんだろう？」

「閉じるための布が外側についてるんじゃないの」

「ちょっと、近くで見てみようか」

ジルはそばにあった平均台を穴の下に運び、上がりました。そしてその瞬間「うわっ！」と平均台からずるりと滑り、地べたにどてんと腰を打ったのです。

「いたたた」

「大丈夫？」

「大丈夫だけど、ずいぶん滑るね。なんだろうこれは」

平均台の上に、ぬるぬるしたものが塗りつけてありました。ジルはくんくんと匂いを嗅《か》ぎます。

「油のようだね」

「油？」

「髪につけるものだろうね。頭の毛を塔のように立てたピエロがいただろう？」

そんなものがどうしてこんなところに……と、赤ずきんは見ていて気づきました。それは昨日、ピノキオが載ってダンスをしていた平均台です。ピノキオが滑ったのはやる気がなかったからではなく、誰かに陥《おとしい》れられたからなのだとしたら……

「ねえ」と赤ずきんはジルのほうを向きます。「ピノキオの頭があの穴から飛び出す前の状態にしてみたいの。手伝って」

ニワトリの芸に使われていたいくつかの小さな台、シーソーの板、レンガなどが散乱し、その横にイタチが載っていた樽がそこらじゅうに転がっています。樽の中には、熊が持ち上げていたバーベルが分解されて突っ込んでありました。

赤ずきんとジルは、自警団員が描いた絵を思い出して現場を再現していきました。ニワトリの小さな台を積み重ね、樽を載せ、中にバーベルのパーツを入れます。テーブルの上に、端がはみ出すように平たいシーソー板を載せ、ピノキオの頭の代わりにボールを載せました。

「これで、樽が落ちたら飛び跳ねるかしら？」

「やってみようよ」

ジルは樽を押しました。樽は板の上に落ち、ぽーんとボールは跳ね上がりましたが、穴より高い位置まで飛んでしまい、天井にあたってプーナンさんの前に落ちました。

「うまくいかないね」

「そりゃ、ピノキオの頭とは重さが違うもの」

「それだけじゃないさ。板のはみ出し具合とか、樽の重さや、落とす前の高さ……もし意図的にやろうとするなら、すべて計算して、何度も試行錯誤しなきゃいけないだろう……ん？」

ジルはテーブルの天板を指さしました。

「ここに、木炭か何かで印がつけられたあとがあるね」

「ねえ！　ひょっとしてシーソー板を置くための目印じゃないの？」

赤ずきんは、もしかしてと地べたを見回すと、台が散らばっているあたりに四つ、白い木釘が打ち付けてあります。

「これは台を置くための目印よ！　やっぱり真犯人はこうやって、ピノキオの頭を正確に見世物小屋に飛ばす装置を組み立てて、『偶然の目撃者』を作り上げたんだわ！」

「う、うーん。でも、そんな装置を作るにはやっぱり何度も実験しなきゃいけないはずさ。そのたびにピノキオくんの頭を使うわけにはいかないし、実験しているところを人に見られてもいけない。それに、たとえ装置をうまく作れたとして、殺しているあいだにタイミングよく樽を落とすことなんてできるかい？」

たしかに。ピノキオ自身が「そばに誰もいなかった」と言っているので、たとえ共犯者がいたとしても、殺しの瞬間に合わせてピノキオの頭を飛ばすのは難しそうです。

とそのとき、出入り口の布がめくられました。

「お？　容疑者赤ずきんじゃねえか」

目の周りが黄色い白塗りの顔。ニワトリ使いでした。

「それにお前は、隣にいた客だな？」

ショウのときとは違って、乱暴な口調でした。

「どうぞジルと呼んでください。それにしても奇抜なメイクですね」

ジルはジルでぶしつけに失礼なことを言います。ですがニワトリ使いは気分を害した様子もなく、笑い出しました。

「ユニークって言ってくれよ。これでもこの一座で、いちばんのメイク上手なんだから」

「へえー」

「信じてないな？　一座のやつはみんな、俺にメイクを習いにくるんだ。最近はロドリゴのやつまで来やがった」

「あの黒猫が？」

「黒い毛が邪魔して、うまくいかねえって嘆いてたがな」

クックッ、クックックとニワトリのように笑います。

「おっと、無駄話をしている暇はねえ、俺はニワトリのエサを取りにきたんだ。ちょっとすまねえ、自警団さん」

プーナンさんの足元にあった麻袋を片手でひょいと抱え、肩に載せます。そんなニワトリ使いの姿を見ていて、赤ずきんは一つ、訊きたかったことを思い出しました。

「ねえ、昨日ショウの最中にあなたからもらった金の卵なんだけど、今朝、洋服のポケットの中で普通の卵に戻ってたわ。私はそんなこと知らないから、潰しちゃって卵まみれ。いったいどういうこと？」

クックッ、クックックと、またニワトリ使いは笑いました。

「そりゃ悪かった。あのニワトリの金の卵は、産み落とされてから十二時間たつと、普通の卵に変わっちまうのさ。クックッ。売って儲けようと思ったか？　そんなに楽して稼げる手なんて、ねえのさ。クックッ」

それであんなに簡単にお客に渡してしまうのね、と赤ずきんは合点がいきました。それにしても、産み落とされたときは金なのに、十二時間経つと普通の卵に変わってしまうなんて、世界には不思議なことがあるものです。

――おや？

「まあ、タダであげたもんだから、文句は言いっこなしだぜ」

「文句なんて言わないわ。ところで、ニワトリは一日に何回卵を産むの？」

「三回だ。午前と午後の三時すぎと、午後五時すぎに必ず二つずつな。はっきり言っちまえば、あいつが金の卵を産む時間に合わせてショウを設定しているのさ。だから、俺たちは一番手なんだ」

「そういうことだったの」

「ひょっとしたらまだ金の卵がほしいってか？　夜中の三時すぎに産んだやつがここに二つあるぜ、ほら」

ニワトリ使いが放り投げた金の卵を、赤ずきんはキャッチしました。

「ありがとう。ところでニワトリ使いさん。昨日の午後五時にもショウは行われたのよね？」

「ああ」

「そのとき産み落とされた金の卵はどうしたの？」

「同じく客にやろうとしたが、五時からの客は金持ちが多いのさ。ニワトリから出てきた金なんて、怪しがって受け取らねえよ。クックック」

やすやす受け取ったことを馬鹿にされた感じがしましたが、赤ずきんは黙っていました。

「舞台袖に置いておいたら、いつのまにか無くなってた。五時の回のはいつもそうさ。大方、誰かが持っていって、翌日の朝めしにでもしてるんだろうよ、クック」

「そうだったの、ありがとう」

「それじゃあな。せいぜい、首切られないように頑張るこった」

クックックックと笑いながら、ニワトリ使いは出ていきました。赤ずきんは金の卵を見て、じっと考えます。

「どうしたんだい？　時間がないぜ。もう一度、実験してみないか」

ジルは言って、ニワトリの台を持ち上げました。

「べたべたするね。卵でも潰しちゃったのかな」

そんなことを言うジルのほうを見て、赤ずきんは気づきました。転がった樽のそばに緑色の葉っぱが一枚落ちているのです。拾い上げてみると、木の葉ではありませんでした。

「ねえジル、これ、何の葉っぱかわかる？」

「いいや。植物には明るくなくてね」

「どこかで見たことあるのよね……」

「スイカだなあ」

ずっと黙っていたプーナンさんが口を開きました。

「スイカ？」

「ああ。俺、一週間前に買ったからわかるんだなあ」

お面売りのおばあさんと喧嘩をする、スイカ売りのおじいさんの顔が浮かんできました。その瞬間……

「えっ？」

赤ずきんは飛び上がりそうになりました。頭の中で、犯人の立てた計画がすべてつながったのです！

「どうしたんだい？」

「ジル、プーナンさん、行くわよ！」

いつの間にか、二人を助手のように扱っている赤ずきんでした。

6.

「覆面紳士のことを教えろって？」

スイカ売りのおじいさんは額に畑の畝《うね》のような皺《しわ》を三本浮かべ、赤ずきんのことを見下ろします。

「ほっかむりをして、顔は見えねえ。背はあんたと同じくらいだ。俺は毎日、午後七時きっかりに店を閉めるが、その直前、人通りが少なくなった頃合いにやってくるのさ」

「顔を見たことはないのね？　他に変わったことは？」

「さあな……」

「やっぱりぼんくらだね、あんた」隣のお面売りのおばあさんが割り込んできました。

「とっても大事な特徴を忘れてるじゃないか」

「ぼんくらはお前だろばばあ、屋台の装飾の布、盗まれちまったくせに！」

たしかに、昨日見た、屋台の全体を覆っていた赤い布がありません。

「布、盗まれちゃったの？」

「ああ……あんなものを誰が盗むもんかね」

おばあさんは少し気落ちしているようでした。赤ずきんはピンときました。

「おばあさん、私に協力してくれたら、その赤い布、戻ってくるかもしれないわ」

「ああ？」

「教えて。覆面紳士の大事な特徴って何なの？」

「あ、ああ……、このじいさんのとこに買い物にくるあの妙な客、必ず決まった重さのスイカを買っていくのさ」

「おお！　そうだ！」珍しく、スイカ売りのおじいさんがお面売りのおばあさんに同意しました。「お嬢さんよ、このばばあの言うとおり、覆面紳士は必ず『七八三グラムきっかりのスイカをくれ』って言うんだ」

「そんな細かい重さのスイカ、必ずあるの？」

「こんだけ数がありゃ、必ずあるさ」

スイカ売りのおじいさんは天秤《てんびん》の右の皿に七八三グラムぶんの重りを載せ、商品のスイカを取っては片っ端から左の皿に載せていきます。するとすぐに釣り合うスイカが見つかりました。

「ほら、こいつが七八三グラムだ」

「ありがとう。そのスイカを買わせてもらうわ」

「毎度あり」

「ところでおじいさん、その覆面紳士は、昨日も来たの？」

「ああ、来たことは来たが……おかしなことに、スイカは買っていかなかった」

「うちの商品を買っていったんだよ！」

待ってましたとばかりに、お面売りのおばあさんがまた割り込んできました。

「どんなお面を買っていったの？」

「ちょうど昨日、プーナンさんがあんたに似てるって言ったお面さ」

赤ずきんは思わずジルとプーナンさんを振り返りました。二人は滑稽《こっけい》なくらい驚いていました。

「君は大したものだね」「本当だ。すごいんだなあ」

実はここへ来る道々、赤ずきんは二人に、物置テントで思いついた仮説を披露していたのです。今のお面売りのおばあさんの言葉で、すべて赤ずきんの推理が裏づけられたのでした。

「ありがとう、スイカ売りのおじいさんに、お面売りのおばあさん。二人とも、仲良くね」

二人に手を振り、赤ずきんは決戦の舞台、《親指一座》の見世物テントへ向かうべく、意気揚々と歩きはじめました。

「おい、赤ずきん」

路地裏から声をかける者がいました。見れば、黒猫のロドリゴが手招きをしています。

「お前に話したいことがある。一座の誰かに聞かれたらまずいから、こっちへ来い」

「この二人に聞かれるのも、まずいかしら」

「それは……いいよ、一緒に来い」

しかし体の大きいプーナンさんはその狭い路地に入れず、入り口に立って路地の中の二人と一匹を覗くような形になりました。

「それで、何よ、話したいことって？」

「パオロはわかるか？」

「あなたとコンビの三毛猫ね？」

「そうだ。あいつ、アントニオの兄貴ともめていたんだ」

「えっ？」

「サイコロ賭博《とばく》さ。兄貴にだいぶ巻き上げられたあとで、いかさまだったことを知ったんだ。パオロは金を返せと言ったが、ずる賢い兄貴にいつもはぐらかされていた。……昨日あいつは、俺の隣で寝ていたが、明け方に起きてこっそりテントを出ていった気がする」

つまりロドリゴは、パオロがアントニオを殺したのだと言いたいようです。

「どうしてそれを、私に？」

ロドリゴは恥ずかしそうに頭を掻きました。

「仲間を売るみたいで気がひけたが、それで無実の人間の首が切られたら一生寝覚めが悪いと思ってな」

「ありがとう」赤ずきんはにこりと微笑みました。「あなたのおかげで、無実の人間の首は守られそうだわ。午後三時からのショウ、あなたも絶対に見に来てね」

「当り前だ、俺は座員だぞ。じゃあな」

ロドリゴは、路地の奥のほうへと素早く走り去っていきました。

7.

午後三時になりました。《親指一座》見世物テントは満員です。もちろん、ジョゼフ自警団長をはじめとした自警団員達もいます。立ち見のほか、テントの外にも何とか中を見られないかと客が群がっています。

「みなさま、ごきげんうるわしゅう！」

植木鉢のチューリップの花びらの中から、親指姫が客席に向かって話しかけます。本当にうるさいくらい通る声ね……などと毒づく余裕は、隣に立たされている赤ずきんにはありませんでした。

舞台後方にある、布がかけられたそれのせいです。

「今朝がた、わが《親指一座》の座員、キツネのアントニオが何者かによって殺害されました。その現場を目撃していたのがこの、木の人形なのでございますわ」

親指姫は気取って、荷台の上のピノキオの頭を指さしました。首から下は座員テントに隔離されたままです。親指姫は滔々《とうとう》と事件のあらましを説明したあと、犯人が赤ずきんだと名指ししました。

「……ところがこの赤ずきん、あろうことかこの場で、自分が犯人ではないことを証明しようというのです。この赤ずきんが善人か、はたまた稀代《きたい》の大嘘つきか。みなさんはその目撃者となるはずですわ。もし赤ずきんが、大嘘つきの大悪人ということになれば
――」

親指姫の合図で、控えていた座員が布をさっと取りました。客席からどよめきが起こります。鋭利な刃がギラリと光る、ギロチンが出てきたからです。

「ほ、ほ、ほ。とても素敵なショウを見ることができますわね。さあ、前口上はこのくらいにして、主役にお譲りすることにしましょう。赤ずきん！」

赤ずきんは一歩前へ出ました。客席を見回します。どの顔も、赤ずきんの首がギロチンで切り落とされるところを見たくてたまらないと言っているようです。

もし失敗したら……くらくらしそうになったそのとき、最前列のジルと目が合いました。額に垂れたくせっ毛の前髪をいじりながら、ウィンクをしてきます。「やってやる

わ」という気持ちが湧いてきました。

「みなさん、ごきげんよう。赤ずきんです」

赤ずきんは客たちに話しかけました。

「みなさんに考えてほしいのは、私が犯人なら、どうして犯行後にピノキオの頭を持ち去らなかったかということよ。そうすれば目撃者なんていなくなるのに」

客たちは興味を引かれたようです。

「それは、私に化けた真犯人が、私に罪を擦《なす》り付けるために『偶然の目撃者』を残しておく必要があったから。そのためにわざわざ『偶然』を作り上げたんだわ」

「むおっほん！」ジョゼフ自警団長が不可解そうな咳ばらいをしました。「『偶然』を作り上げただと？」

「そうよ。今からそれを証明するから――」

赤ずきんはピノキオの頭をひょいと抱え、客席に降りました。

「みんな、ついてきて！」

客をかきわけ、出入り口から外へ飛び出します。客や座員たちがぞろぞろとついてきます。外にいた群衆も含めると、全部で百人くらいになるでしょうか。彼らを従え、赤ずきんは、見世物テントと物置テントの両方が見渡せる場所までやってきました。くるりと観衆のほうを振り返り、物置テントを指さしながら声を張り上げました。

「みなさん、どうぞ、あのテントの屋根に注目していてね。一分もしないうちに何かが起こるわ」

事が起きたのは、まさに一分もしないうちでした。がらがらしゃんと何かが崩れる音がしたかと思うと、ぽーんと物置テントの屋根から緑色のものが飛び出てきたのです。

「あれは……？」「スイカ？」「本当だ、スイカだ！」

観衆が口々に言いました。そうです。スイカが空を飛んでいくのです。ひゅーっと落ちてきたスイカは見世物テントの屋根にぼよんと着地し、ごろごろ転がって燕の出入りする穴にすぽっと入りました。

「うまくいったね」

ジルが小声で言いました。赤ずきんは軽くうなずきますが、ジョゼフ自警団長は、むおっほんと不満そうに咳ばらいをします。

「だから、樽や板を使った仕掛けだろう？　中に誰かがいて飛ばしたに違いないんだ」

と、物置テントへ向かっていき、中を覗きました。

「どういうことだ、誰もおらんぞ？」

「自警団長。あなたがたが考えた装置はほとんど正解だった。だけど一点、時間が来たら自動的に作動する仕組みを見破れていなかったんだわ」

ジルが、あの黒板を運んできました。自警団員が描いた図がそのまま残されていますが、赤いチョークで一部に描き足されていました（六三ページ・図2）。

「この、樽の下に積んである小さな台の一番下。四本の脚のうち、二本はレンガで支えてある。でも、テーブルに近い二本の脚の下には、レンガの代わりに、金の卵を置いておくのよ」

「金の卵ですって？」親指姫は叫びます。「うちの一座の金の卵は、産み落とされてから十二時間経つと、普通の卵に変わってしまうのよ？」

「まさに狙いはそれよ。この状態で、金の卵が普通の卵に変わったらどうなるかしら」

「……あっ！」

そうです。金の卵では支えきれていた樽の重みを、普通の卵になったとたんに支えきれなくなり、卵は潰れてしまいます。台は崩れ、重い樽が落ち、シーソー板が跳ね上がって、ピノキオの頭が飛ばされるのです。

「《親指一座》の公演は、午後三時の回と、午後五時の回の二回があって、ニワトリたちの出番は必ず初めにあるのよね？　昨日、午後三時の回のぶんの金の卵は二つとも私が持って帰ってしまったから、犯人が盗んで使ったのは、午後五時ちょっとすぎに産み落とされたものだわ。隔離されているピノキオの頭がこの見世物テントに飛んでくる時刻は簡単に予測できた。その時刻より少し前にアントニオを呼び出しておき、私の恰好と顔をしてアントニオを殺害すれば、『偶然の目撃者』のできあがりよ」

（図2／解答編）

一同はシーンとしていました。もちろんこれだけでは納得できない点があるだろうことは、じゅうぶん承知です。
「待て待て」ジョゼフ自警団長はまだ不満そうです。「そもそもピノキオが頭だけ隔離されていたのは、舞台でひどい失敗をして、座長にお仕置きされたからだろう？　それも作られた偶然だというのか？」
「ええ」赤ずきんは自信満々にうなずきました。「平均台に整髪料の油が塗られていたのよ。ピノキオはそれで足を滑らせた。前にもピノキオは同じお仕置きを受けたことがあったから、親指姫座長の反応は予想できたというわけ」
「だとしてもだ、赤ずきん。こんな機械的なトリック、成功するとは限らないではないか。こんな危なっかしい計画を立てる者がいるかね？」

「そこがこの事件の肝要なところだわ」

ジョゼフ自警団長に向けて、赤ずきんは人差し指を立てました。

「アントニオを殺した者は、一座が半年前にランベルソにやってきてから毎晩、実験を繰り返していたの。テーブルからはみ出るシーソー板の長さはどれくらいがいいか、樽の中に入れるバーベルのパーツの重さはどれくらいがいいか、ニワトリの小さな台はいくつ積み重ねるべきか」

「クック・ドゥードゥル・ドゥー！」

座員たちの中にいたニワトリ使いが、驚きの声をあげました。

「五時の回の金の卵は、いつも舞台袖から消えていた。俺は誰かが朝めしにするためにくすねてやがるんだろうと思っていたが、クック！　まさか、こんな機械的トリックの反復実験に使われていたとは！」

「驚きすぎですわ。そんな実験が行われていたなんて、証拠がどこにあるんですの？」

親指姫はいたって冷静に言いました。

「テーブルの上には板を置いておくための目印、床には台を置いておくための目印がきちんと残されていたわ。そしていちばん肝心なのは、これらの実験は、ピノキオの頭と同じ重さのものがなきゃいけないという点よ。……おじいさん、こっちへ天秤を持ってきて」

赤ずきんが観衆の後方に向かって合図をすると、「ちょいとごめんよ」と言いながら、スイカ売りのおじいさんがやってきました。手には天秤を持っています。

「おじいさん、ピノキオの頭の重さをはかってくれる？」

「お安い御用さ」天秤を置いたおじいさんに、赤ずきんはピノキオの頭を渡します。相変わらずきょとんとした表情のピノキオは、天秤の皿に載せられました。おじいさんは分銅を載せたり下ろしたりし、やがて天秤は釣り合います。

「こりゃ驚いた。七八三グラム。あの紳士が毎日買っていくスイカとまったく同じ重さじゃないか」

「そうよ。ピノキオの頭を正確な位置に飛ばすために、毎日同じ重さのスイカを買って実験していたのね。ちなみに先週の土曜日の明け方、このテントの方角の空にスイカが飛んでいくのを見た人もいるわ。ね、プーナンさん？」

柱の近くにぬぼーっと立っているプーナンさんが「ああ」とうなずきました。

「間違いないねえ。今考えたらあれは、赤ずきんのいう『実験』の最中だったんだろうなあ」

「ま、待て」身内からの思わぬ証言に、ジョゼフ自警団長も次第に赤ずきんの推理を信用しはじめているようでした。

「スイカ売りよ、その、毎日スイカを買っていく紳士というのは何者だ？」

「布で顔をすっぽり隠していて見えねえんです。だが、身長は……」

「あたしとおんなじぐらいだよ！」がらがら声とともに客をかきわけてやってきたのは、お面売りのおばあさんでした。赤ずきんの横に並び、手で身長を比べるしぐさをします。

「だから、この赤いずきんの娘さんとも同じぐらいということになるね」

「くそばばあめ。わしが証言してるんだ、でしゃばってくるな」

「あんたじゃ正確な証言ができないでしょうよ。自警団長さん。あたしゃ、このまずいスイカ売りじじいの隣でお面の店を出している者ですがね、昨日の夜、その紳士はスイカじゃなく、うちのお面を買っていったんですよ。それが、この子の顔によく似たお面でね」

と、おばあさんは赤ずきんの顔を指さします。

「な、なんだって？」

驚く人々を前に、赤ずきんは質問をしました。

「おばあさん、それと、昨日の晩、盗まれたものがあったんじゃなかった？」

「そうなんだよ。私の屋台を飾っていた赤い布が何者かに、盗まれちまってね」

「それって、この私のずきんに色だけじゃなくて質感も似ていなかったかしら？」

「ん？　ああ、たしかにこんな色の、こんな生地だねえ」

ここまでくれば、どんなに鈍い者でも気づきます。

「同じくらいの身長の者が、同じような赤い布をずきんのように被って、私の顔そっくりのお面をつけていた――」

「すっかり君に化けられるじゃないかね！」ジョゼフ自警団長が叫びました。「むおっほほほほん！　なんてこった、その紳士とやらが、赤ずきんのふりをしてアントニオを殺害したということじゃないか！」

「赤ずきん、あなたはそれが誰かわかっているというの？」

親指姫が訊ねます。赤ずきんはうなずきました。

「アントニオに恨みを抱いていた者の名前を、さっき、私に教えてくれた座員がいるわ。ロドリゴ、どこかにいるかしら？」

「ああ、ここだ」

座員たちの中から、意気揚々とロドリゴが出てきました。

「誰が怪しいと言っていたかしら？」

「パオロだよ」

「にゃひっ！」悲鳴を上げる三毛猫の周りに、とっさに自警団員たちが駆け寄ります。パオロを引っ張り出してきました。

「こいつはサイコロでいかさまの餌食《えじき》になって、アントニオを恨んでいたのさ。明け方、テントを出て行ったのを俺は知っている」

「ち、違う……」パオロは泣きそうな顔で首を振っています。

「こいつが殺したのさ」

得意満面で相棒を告発する黒猫ロドリゴに、赤ずきんは向き直りました。

「ロドリゴ、あなたの顔はどうしてそんなに黒いの？」

「はっ？ 生まれつきだ。俺は黒猫だからな」

「あなたの身長は、どうして私と同じくらいなの？」

「それも……生まれつきだろう」

「それじゃあ」ロドリゴに一歩、近づきます。「あなたの犯罪計画は、どうしてそんなに杜撰《ずさん》なの？」

ロドリゴの表情が変わりました。半年も実験を続けてきたのに杜撰と言われてカチンときたことが、赤ずきんにはよくわかりました。

「な、何を言ってるんだか……」

「アントニオを恨んでいたのはあなたのほうでしょう。アントニオが殺されて真っ先に疑われるのは自分だということをあなたはわかっていた。だから他者に変装をして、嘘をつくと鼻が伸びるピノキオを『偶然の目撃者』に仕立て上げる計画を立て、毎晩毎晩実験を繰り返したんだわ」

「でたらめだ」

「初め、あなたが罪を擦り付けるつもりだった相手は、パオロだった。そこでそれとなくニワトリ使いさんに三毛猫になりすますメイクを教わったのね」

「クック！」脇からニワトリ使いが顔を出します。「そういやロドリゴのやつ、メイクを――あれには、そういう意味があったのか！」

「でも、あなたの黒い毛を化粧道具で三毛猫に化けさせるのは不可能だった。どうしようかと悩んでいたところ、客引きをしている最中に、スイカ売りおじいさんとお面売りおばあさんのお店の前にいる私を見かけたのね。目立つ赤いずきんを被っていて、しかも、そっくりのお面まである。身長もほぼ一緒。こんなチャンスはめったにないと、私を見世物に誘った」

お嬢さん！　と興奮しながら視界に飛び込んできたロドリゴのことを赤ずきんは思い出していました。

「私が《親指一座》を探していたのはラッキーだったわね。あなたはアントニオの芸の最中にワインのしずくがかかるであろう席を私にすすめ、アントニオに恨みを抱く動機まで作ったんだわ」

「ずいぶんな想像力だが、はっきりした証拠はないだろう？」

「あるわ」赤ずきんはピノキオの頭を天秤の皿から拾い上げます。

「アントニオを殺した者は、毎日七八三グラムのスイカを買っていった。つまり、この場の誰よりも先に、ピノキオの頭の重さを正確に知っていた者よ。ピノキオ、あなた、前に舞台で失敗して、今と同じように頭を胴体から外されたわね」

「うん」

「そのとき、誰かに頭の重さを測られなかった？」

「測られた」

「誰に？」

「ロドリゴだ」

全員の視線が、ピノキオの鼻に注がれます。もちろんその鼻は、ぴ、く、り、と、も、動、き、ま、せ、ん、で、し、た。

「くそっ！」

ロドリゴはくるりと背を向け、走り出します。ニワトリ使いが素早くその行く手を阻《はば》みますが、

「コケッ！」

ロドリゴはその顔をひっ掻きました。白塗りの顔に、赤い筋が三本ついています。

「あばよ！」

「追えっ、追えっ！」

ジョゼフ自警団長の号令。自警団員たちは一斉にロドリゴを追いかけました。

8.

「なかなか興味深かったよ」

客が誰もいなくなった見世物テントの前で、ジルは赤ずきんに向かって微笑みました。

「ジル、あなたこれからどこへ行くの？」

「僕は嘘つき学の研究者を目指している。風の吹くまま、新しい嘘を探して旅を続けるさ。またそのうち会えたらいいね」

「それも嘘じゃないでしょうね？」

「さあね」

気障なウィンクをして、ジルは手を振り、去っていきました。

「赤ずきんさん」

振り返ると、三毛猫のパオロが見世物テントの出入り口から顔を覗かせていました。

「座長がお呼びです」

テントの中はがらんとしていました。物騒なギロチンの前の荷車に、チューリップの植木鉢とピノキオの頭が置かれています。

「今日はとても儲かりましたわ。まるでブッヒブルクの子豚の三兄弟になった気分ですわ」

チューリップの中に座った親指姫座長は、赤ずきんに向かって笑います。だからその子豚の三兄弟って何なのよーと思いましたが、

「それはよかったわね」

赤ずきんはそれだけ言いました。

「赤ずきん、あなたにも分け前を差し上げます。あなたのおかげで客が入ったようなものですからね」

死刑に追い込もうとしたくせに現金なものです。しかしこれもまた、生きる力と言うべきなのかもしれません。

「マダム親指姫。私、お金はいらないわ。その代わり、欲しいものがあるの。これよ」

ピノキオの頭を、赤ずきんは抱え上げました。

「彼は人間の子どもになりたいだけなの。もちろん、首から下も一緒に引き取りたいわ」

「うーん」親指姫は渋い顔になりました。「ひとりでにしゃべって動く木の人形というのは、そう簡単に手放したくないものですわ。でも……いやいやパフォーマンスをやられても、仕方ないですものね。よろしくってよ。あなたに差し上げましょう。胴体と手

足はまだ座員テントにあるのね。持っていっていいわ」

「やったわね、ピノキオ。行きましょう」

「うん」

ピノキオは嬉しそうでした。ゼペットじいさんという人がどこにいるかわかりませんが、とにかく一度家に持って帰るつもりです。右腕の主《あるじ》を助けられたと知ったら、お母さんも喜ぶでしょう。

——ところが、その直後です。

「え……？　え……？」

ピノキオの態度がおかしくなりました。

「ちょっと、待ってよ！」

「どうしたの、ピノキオ？」「なんですの？」

「わあ、持ってかれちゃう。ぼくの体が、持ってかれちゃう！」

「えっ？」

「早く、早く！　座員テントへ！」

赤ずきんはピノキオの頭を抱え、見世物テントを飛び出しました。座員テントの前には、護衛をしていたはずの岩のような図体の自警団員はいませんでした。ひょい、と中を覗きますが、ピノキオの胴体は見当たりません。

「ああ、ぼくの体が……」

ピノキオの嘆きのあいだを縫って、「おい、おい」と声が聞こえます。誰がしゃべっているのかしらともう一度外へ出てきょろきょろ見回すと、テントの庇《ひさし》のところに一匹のミノムシがぶら下がっていました。

「おい、ここだ、ここだ！」

驚くべきことに、そのミノムシがあの岩のような自警団員の声でしゃべっているのです。

「どうしたの、あなた？」

「魔女だ。くそっ！」

ミノムシは悔しそうに左右にぶらぶら揺れています。

「背の高い、骸骨《がいこつ》みたいに痩せた魔女だ！　銀の杖《つえ》を振りかざし、俺の姿をミノムシに変えやがった。その木偶人形の胴体と手足を抱え、銀色のほうきにまたがってびゅうっと飛んでいった！」

「なんですって？」

「くそっ、魔女め……俺の体をもとに戻しやがれ！」

「ああ、ああ……どこへ行くの、ぼくの胴体と左腕と足は」

憤《いきどお》るミノムシの下、ピノキオは悲しげにつぶやいています。

「お願いだよ赤ずきん、ぼくの胴体と左腕と足を取り戻しておくれよ。そうじゃなきゃ、ぼく、人間の子どもになれないよ」

——こうして赤ずきんは、この風変わりな人形の胴体と左腕と二本の足を取り戻すため、旅に出ることになったのです。

第二幕　女たちの毒リンゴ

1.

ヒルデヒルデが生まれたのは険《けわ》しい灰色の山々に囲まれた、ワルプルギイという魔女の集落でした。ワルプルギイの女の子には生まれつき魔法の力が備わっており、小さな頃からその技に磨《みが》きをかけるために厳しい修業をすると決まっていました。

「いいかい？　自由に魔法を使えれば、王国に仕官できる道も開かれる。人間の役に立つようになれば、あんたの人生は安泰だよ」

母親はヒルデヒルデに、よくそう言ったものでした。

「それから、何があっても人間を殺すんじゃないよ。この村の魔法使いには代々、人間を殺したら魔法を使う力が失われてしまうという呪いがかけられているからね」

ヒルデヒルデも他の女の子たちと同じように、一生懸命修業しましたが、残念ながら落ちこぼれでした。空飛ぶほうきに乗れば落っこちる、火炎魔法を使えば火傷《やけど》をする、眠り術を使えば自分が三日間も眠ってしまうという具合です。特に、立派な魔女になるには必須の毒薬術は、大の苦手でした。

ヒルデヒルデは他の女の子より可愛らしい顔立ちをしていたのでやっかみを受け、失敗するとひどくからかわれたり、いじめられたりしました。いちばん強く当たったのは、マイゼン家という魔女の名門一族のヴェラという子でした。家柄はいいのに、見た目は骸骨のようでちっとも可愛くないのです。右肩に黒い子猫、左肩には気味の悪い大きなおたまじゃくしをいつも乗せていて、話す言葉は常に、誰かを呪っているかのように聞こえました。

「あんた、嫌いよ！　私が大人になったら、ゴキブリの姿にしてやるから楽しみにねっ！」

マイゼン一族には、生き物を思いのままの姿に変えることのできる恐ろしい魔法が伝わっており、ヴェラも十八歳になったらそれを教えてもらえるとのことでした。そんなの怖くないわ、とつんとしたヒルデヒルデの態度が気に入らなかったのでしょう。他の子たちもヴェラにつき、ヒルデヒルデは孤立してしまいました。せめて魔法を教えてくれるお母さんが優しかったらよかったのですが、失敗するたびにがみがみ言われるので、ヒルデヒルデは修業がすっかり嫌になり、ますます落ちこぼれていったのです。

ああ、こんな集落から出ていきたい——。いつしかヒルデヒルデはそんなことを思うようになっていました。

十五歳になった年のこと。ある月のない夜、ヒルデヒルデはお母さんが大事にしている鏡を壁から外し、家出をしました。「鏡よ鏡」と話しかけて質問をすれば、この世で今起こっていることを何でも答えてくれ、また、必要に応じて世界中の好きな場所を映し出してもくれる素晴らしい鏡でした。もちろん、魔女以外の者が覗いてもただの鏡なのですが、ヒルデヒルデは持って生まれた能力により、この鏡を操ることができました。

ワルプルギイを離れて人間の町にやってきたヒルデヒルデは、魔法の鏡を使って占いを始めました。占いはすぐに評判になり、たくさんのお金を稼ぐことができました。ヒルデヒルデはおいしいものを食べ、きれいな服やアクセサリーで着飾り、酒場に出向いて豪遊するという暮らしをするようになりました。

もともと顔立ちの整ったヒルデヒルデのことでしたので、お化粧をして着飾れば、男が寄ってこないわけはありませんでした。昨日はあの男、今日はこの男、調子のいいときには午前の男、午後の男、夜間の男と次々に相手を変えるといった具合です。時には、嫉妬にかられた二人の男に決闘をさせ、命がけの勝負を別の男の膝の上で見物するなど、文字通り「魔性の女」として日々を過ごしたのです。

そんなヒルデヒルデが初めて真剣に恋に落ちたのは、二十一歳の春でした。相手は朴《ぼく》訥《とつ》で真面目《まじめ》な毛皮職人の青年で、ヒルデヒルデのほうから声をかけて交際が始まりました。

その秋、ヒルデヒルデは妊娠しました。毛皮職人にそれを伝えると、とても喜んで子どものために毛皮のハンモックを作るなど、はりきっていました。

しかし次の日、彼は姿を消しました。熱をあげていたのはヒルデヒルデのほうだけで、彼のほうには結婚するつもりなどなかったのでした。

魔法の鏡は相手の男の居場所を逐一報告しましたが、追いかける気も起きないほどに、ヒルデヒルデは傷ついてしまったのでした。

やがて、ヒルデヒルデは男の子を生みました。ヴィクトルと名付けられたその子は病弱で夜泣きがひどく、とても手がかかりました。子持ちとなった彼女に、かつてあれだけ寄ってきた男たちは見向きもしなくなり、ヒルデヒルデはヴィクトルと魔法の鏡を抱えて住まいを転々とする暮らしをするようになりました。鏡による占いのおかげでお金に困ることはありませんでしたが、夜泣きをする幼い子どもを抱えてあやしているときなど、ふとむなしくなることがありました。このまま、子育てをするだけの暮らしになってしまうのではないか。考えてみればヒルデヒルデにはむかしから、心を開いて話のできる相手がいませんでした。――あの鏡を除いては。

「鏡よ鏡、私はこれからどうしたらいいのかしら」

「幸せではないのですか。あなたにはヴィクトルという可愛い子がいます」

鏡は戸惑ったように答えました。

「それはわかっているけど……これでいいのかっていうこと。子どもの頃、私をからかった子たちの中には、立派な魔女になって人間たちに必要とされている子がたくさんいるはずよ。私はせっかくの力を棒に振って……」

「あなたには、あなたにしかできないことがあるはずです、ヒルデヒルデ。たとえば、あなたと同じ悩みを持つ母親は、こんなにいるのです」

鏡には、子どもを抱えて困った顔をする母親が次々と映し出されます。みな、ヒルデヒルデよりもずっと貧しい身なりをしていました。

「こういった母親を救うことはできませんか。たとえば、父親のいない貧しい家庭を救う施設を、あなたの財産を使って作るのです」

それは素晴らしいアイディアだと思いましたが、少し考えてヒルデヒルデは首を振りました。

「いくら私一人が頑張っても、きりがないわ。国の制度を変えなければ。私みたいな落ちこぼれ魔女の意見を、国が聞いてくれるわけはない」

鏡はこれを聞いて、「うーん」と黙り込んでしまいました。

ところが、それからしばらく経ったときのことです。ヒルデヒルデがヴィクトルを寝かしつけると、鏡のほうから話しかけてきました。

「ヒルデヒルデ。アプフェル国の王様が新しいお妃《きさき》さまを探すために、公開でお見合いをするそうです」

アプフェル国のお妃さまが亡くなったことは、町の噂でヒルデヒルデも知っていました。魔法の鏡によれば、王様とお妃さまのあいだにはまだ三歳のお姫様がいて、まだ母親に甘えたい年頃だからと、新しいお妃を探すことになったそうです。

「私はもう子持ちだし、お姫様の母親になんてなれないわ」

「いいえヒルデヒルデ、あなたはまだお美しい。それに、これは国の中枢《ちゅうすう》に入り込むチャンスです。お妃さまになれれば、貧しい母親を救う制度を作れるではないですか」

アプフェル国がそういう制度を作れば、周辺の国も取りいれるかもしれない。結果的に、悩みを抱えている世界中の母親を救うことができる――鏡の話を聞いているうちに、ヒルデヒルデの気持ちも変わり、公開お見合いに参加することにしたのです。

アプフェル城は、真っ赤な屋根の塔が三つある、小さいながらも風格のあるお城でした。中央の塔の屋根には由緒正しきアプフェル一族の紋章をモチーフにした、ブロンズでできたリンゴのオブジェが取りつけられているのです。

お見合いにはアプフェル国内外から四百人もの女性が参加していましたが、かつて魔性の女として男どもを手玉に取ってきたヒルデヒルデにとって、彼女たちは敵ではありませんでした。ヒルデヒルデはその美貌と会話で王様を魅了し、見事アプフェル国のお妃の座を得ることに成功したのです。

さて、このアプフェル国の王様の娘は、白雪姫といいました。肌は雪のように白く、瞳は湖のように青く、唇はバラのように赤く、三歳ながらに美少女という言葉では足りないほどの美しい顔立ちでした。彼女はその愛らしさから城じゅうの召使いに可愛がられ、幸せそうでした。心優しく、一つ年下のヴィクトルともすぐに仲良くなりました。

ヒルデヒルデは人生で初めて希望を持てた気がしました。新しい家族四人、幸せな暮らしが始まったのでした。

――魔法の鏡に少しでも未来を映せる力があったら、この時に知ることができたのでしょうか。十五年後、ヒルデヒルデが白雪姫を亡き者にしようと画策することを。

2.

まったくもう、この森、どこまで続くのかしら！

赤ずきんは立ち止まり、頭上を見ました。うっそうと葉が生い茂っていて、太陽の光を遮《さえぎ》っています。

「わあ、このもみの木、変な形だねえ」

右手に持ったバスケットの中から、無邪気な声がしました。ボールのように丸い木の人形の顔。その横には、同じく木でできた右腕があるのでした。

「二股になって、天に向かってねじれてる。クリスマスツリーにしたらおかしいねえ」

たしかに面白い形のもみの木でしたが、今の赤ずきんにとってはどうでもいいことでした。ランベルソを発《た》って三日。口に入れたものといえば、途中で見つけた木の実二つくらいです。

「どうしたの赤ずきん？　ぼくの左腕を探しに行こうよ。この近くに落ちたはずなんだ」

ピノキオによれば、バラバラになってしまった体の一部に近づくと「頭がじんじんする」のだそうです。

「もうおなかがぺこぺこなのよ……」

赤ずきんはその場にしゃがみ込みました。これ以上歩けないし、しゃべりたくもありません。

「人間ってすぐおなかがすくねえ。不便だねえ」

ピノキオがそう言ったとき、がさがさと近くの茂みが動き、ひょっこりとおじいさんの顔が出てきたのでした。

「なんだあんた、この森では見ない顔じゃな」

そのおじいさんは、身長が赤ずきんの半分ほどしかありません。年齢は六十代の半ばといったところでしょうか。大きな鼻と白いひげが特徴的で、帽子、チョッキ、ズボン、すべてが紫色でした。その右手に、きれいなネックレスを持っていましたが、赤ずきんが視線を送ると、なぜかさっと隠しました。

「私は赤ずきん。旅をしているの」

見なかったふりをして、赤ずきんは言いました。

「わしはこの森に住むプッチ一族でいちばんの物知り、ひけらかしプッチじゃ」

「物知りだって？」バスケットの中のピノキオが訊ねました。「じゃあ、ぼくの左腕がどこにあるか知ってる？」

「ん？　誰がしゃべっておるんじゃ？」

ひけらかしプッチという小人のおじいさんは近づいてくると、ピノキオの顔をまじまじと見つめ、「こりゃ、珍しい！」と叫びました。

「タマネギザクロの人形とは」

「ぼく、そんな変な名前じゃないよ。ピノキオっていうんだ」

「お前のことを言ったのではない。お前の素材を言ったんじゃ。はるか南方、セネガンビアに生えるタマネギザクロの木に間違いない。五百年に一度、タマネギによく似た実を実らせる。見た目だけではなく、臭《にお》いも味もタマネギそっくりで、刻むと涙が出てくるんじゃ」

それはもうタマネギそのものじゃないの、と赤ずきんは思いましたが黙っていました。

「ザクロは、悪い魔女がよからぬ儀式に使うのに欠かせない木なんじゃ。特にタマネギザクロの木は効果が高く、近年じゃあ手に入りにくくなっていて、世界中の魔女から珍《ちん》重《ちょう》されておるんじゃ」

なるほどね——赤ずきんは納得しました。ピノキオの体や手足が盗まれたのには、そういういきさつがあったのに違いありません。きっと見世物小屋に客として紛れ込んでいた魔女が、ピノキオを見てタマネギザクロからできていることを見破り、盗み出すチャンスが到来するのをじっと待っていたのでしょう。

「しかし、大それたことをするもんじゃ。タマネギザクロで人形を作るなんて。いったい、どこの魔女の仕業か」

「ゼペットじいさんは魔女じゃない。家具職人さ。それにしてもおじいさん、ずいぶん詳しいねえ」

「当然じゃ。わしゃ、ひけらかしプッチであるぞ」

「ねえ、ひけらかしさん」赤ずきんは口を挟みます。「おなかがぺこぺこなの。何か食べさせてもらえないかしら」

「ふむ。飢えたる旅人に施《ほどこ》しを与えるのは、古来より森に住む者の義務じゃ」

難しいことを言いながら、白いひげを撫《な》でつけます。

「来なさい。つい先日も、しゃかりきプッチのやつめが、若い女性を一人連れてきたとこじゃ。今頃彼女が、飯を用意して待っているであろう」

ラッキーです。赤ずきんはお礼を言って、ぴょこぴょこと歩くその小人のうしろをついていきました。

3.

ヒルデヒルデはアプフェル城の中央塔のてっぺんの部屋にいます。小さな窓からわずかに光が入るばかりの薄暗さです。彼女がこの城に嫁《とつ》いできて以来の秘密の部屋でした。壁には、今や二十年来の親友となった魔法の鏡がかけられています。

「ごきげんうるわしゅう、ヒルデヒルデ」

「うるわしくなんかないわ」

ヒルデヒルデは鏡に向かって言いました。

「さっさと白雪姫の様子を見せてちょうだい」

「かしこまりました」

鏡の表面はぼんやり白くなり、やがて森の中の小さな家を映し出します。中では小さなテーブルを小人たちが囲んでいます。鍋からスープを取り分けているのは、憎き義理の娘、白雪姫でした。

初めて会った時には三歳だった彼女も、今や十八歳。悔しいことに誰もがうっとりしてしまうほど美しい容姿（ようし）です。王様が生きていれば、国内外にさぞ自慢したにちがいありません。

五年前に王様が亡くなり、ヒルデヒルデは女王となりました。しかしその後、国の制度をめぐって白雪姫と意見が合わず、関係が悪くなってしまいました。

白雪姫さえいなければ――。

ヒルデヒルデがついに行動を起こしたのは七日前のこと。かねてより忠実にヒルデヒルデの言うことをきいてくれるボボロという猟師を呼びつけ、白雪姫を森の中に誘い出して殺害するように命じたのです。

「し、白雪姫を殺すですって？」

ボボロは驚いた様子でしたが、女王の命令とあれば断れないことはわかっているはずでした。

「美しい滝を見つけたとかなんとか言って森の中へ誘い、殺すのよ」

「は、はい……」

ボボロはその日のうちに白雪姫を森の中に連れ出し、夕方には「殺しました」とヒルデヒルデのもとに報告に来ました。

これで一安心……と思ったヒルデヒルデでしたが、その日の真夜中、魔法の鏡の前に行くと、こんな報告がもたらされたのです。

〔ボボロは白雪姫が不憫《ふびん》になって、森の中に置き去りにしただけです。白雪姫は、森に住む小人に助けられ、一緒に暮らしています〕

小人たちに囲まれ、愛らしく笑っている白雪姫を見て、ヒルデヒルデははらわたが煮えくり返《かえ》りそうになりました。それから六日間、女王は政務の合間に時間が空くとこうして秘密の部屋に来て、白雪姫の様子を覗いているのです。

本当に忌々《いまいま》しい娘……。この手で亡き者にできたら、と何度も歯噛みしています。ですが、直接人間を手にかけたら魔法を使う能力が失われてしまいます。魔法の鏡と話ができなくなるのは、ヒルデヒルデにとって絶望と同義でした。

もうボボロに頼むのは無理そうです。あの子の美貌は、男という男を虜《とりこ》にしてしまうのです。今、鏡に映っているこの小人たちだってみんな男です。もし白雪姫がこんなに美しい娘でなかったら、助けたかどうかだってわかりません。

何とか、直接手を下さずに白雪姫を亡き者にする方法はないかしら……と、鏡を見ながら毎日考えているのでした。

〈さあみんな、お仕事をしてきてお腹がすいたでしょう。あとはしゃかりきプッチさんのぶんだけだわ〉

鏡の中では、白雪姫が最後の深皿にスープをよそいながら言いました。

〈おかわりもあるから、たくさん食べてね〉

「あれ？」

ヒルデヒルデは思わず声が出ました。白雪姫が取り分けているスープの中に、小鬼の顔のような形をした豆が浮いています。

「あれって……」

ヒルデヒルデの考えている実なのだとしたら、食べる前に必ず確認しなければならないことがあるはずです。ところが、白雪姫も小人たちも誰もそれを言い出しません。

〈いただきまーす〉

食事が始まりました。小人たちは白雪姫のスープを一口飲むなり、

〈うまい！〉

声を揃えてそう言うと、みんな犬のようにがっついてスープを平らげるのです。

〈君は料理までじょうずだなあ〉〈いつまでもここにいてよ〉

白雪姫を褒《ほ》めそやす小人たち。ヒルデヒルデはじっとその光景を見守っています。すると……

〈うっ！〉

青い帽子を被った小人が喉を押さえて立ち上がりました。白雪姫や他の小人たちがそ

の顔に注目します。

〈うがっ！〉

青い帽子の小人の口から、血が噴き出しました。ばたりと、その小人は床に倒れます。

〈ど、どうしたんだ？〉〈おい、貧乏性プッチ！〉

鏡の映し出す角度からはテーブルの陰に隠れて見えませんが、倒れた小人は反応していないようでした。

〈死んでる……〉

誰かが言いました。やっぱり。落ちこぼれだった少女時代に見た毒薬術の教科書が頭の中によみがえります。あの小鬼の顔の形をした豆は、ゴブリンビーンズに違いありません。

とそのとき、もっとも鏡に近いところに座っていたオレンジ色の帽子を被った小人がこちらを振り返りました。

「えっ？」

気のせいではありません。鏡の向こうから、ヒルデヒルデを見ているのです。あんたも見ていたのか？　そう言わんばかりの目で――。

「か、鏡よ鏡、小人たちをもう映さないで！」

ヒステリックに叫ぶと、鏡は白くなり、すぐにヒルデヒルデの引きつった顔が映し出されました。今の小人、ひょっとして……

「間違いないわ。小人の中にも魔力を持つ者がいると聞いたことがあるもの」

戦慄を覚えながらも、ヒルデヒルデは今見た光景を思い返していました。白雪姫の作ったスープ。ゴブリンビーンズ……

「ふ、ふふふふ」

気づくと、笑いが漏れていました。

「ふふ、ははは。そうよ。ゴブリンビーンズ！　その手があったわ。これなら私が直接あの子を殺したことにはならない、わ！」

そしてヒルデヒルデは鏡に、あることを頼んだのでした。

4.

赤ずきんとピノキオが連れてこられたのは、小さくて可愛らしい木のおうちでした。屋根は低いのですが、けっこう広そうです。

「おーい、ただいま。客人を連れてきたぞ」

そう言いながら、ひけらかしプッチは扉を開けました。中には、ひけらかしプッチと同じくらいの背の男の人がたくさんいましたが、わあわあと騒いでいてただならぬ雰囲気です。

「なにごとじゃ。おい、しゃかりきプッチ。わけを話すんじゃ」

ひけらかしプッチはすぐ近くにいた小人の襟首をつかみました。ひけらかしと同じ形の帽子、チョッキ、ズボンですが、色はすべて赤でした。

「貧乏性プッチが死んだんです。僕たちの目の前で、血を噴いて！」

赤ずきんのバスケットの中で「赤ずきん、死んだんだって」とピノキオが言いました。

「見てあげたほうがいいんじゃないのかな？」

「どうしてよ」

「だって、そういうの、得意じゃないか」

「『そういうの』って言わないで」

そんなことよりおなかがペコペコなのです。赤ずきんは、テーブルの上の鍋においしそうなスープが入っているのを見つけました。

「ねえ皆さん、私、赤ずきん。お取込み中悪いんだけど、少しでいいからそのスープを……」

「いかんいかん、いかーん！　そのスープ、いかーん！」

ひけらかしプッチが叫びました。今まで騒いで家の中を走り回っていた小人たちが、ぴたりと動きを止めます。ひけらかしプッチは木べらを持ってくると、鍋の中から一粒の豆をすくいあげました。

「やっぱり……これは、ゴブリンビーンズの実じゃ」

そのとき赤ずきんはようやく気づいたのでした。部屋の一番奥、壁に凭《もた》れてがくがくと震えている、とても可愛い女の子の存在に。

＊

この家には七人の小人が住んでおり、名前には一族の名である「プッチ」をつけるのだそうです。みんな身長こそ一緒ですが、顔も性格も違い、お互いを見分けるために着ている服と帽子の色を分けているのでした。

・ひけらかしプッチ……紫色。六十代半ば。白髪・白ひげ。物知り。
・小手先プッチ……藍色。五十代のおじさん。手先が器用。
・貧乏性プッチ……青色。四十代。はげていて、ケチ。
・耳障《ざわ》りプッチ……緑色。三十代。声が大きく、物事を大げさに言う。
・卑屈プッチ……黄色。三十代。卑屈なことを言う。
・霊感プッチ……オレンジ色。二十代。根暗で、不思議な力を持つ。

・しゃかりきプッチ……赤色。十代後半。血気盛ん。

どことなく悪口っぽい呼び名ばかりのような気がしましたが、赤ずきんはそこには触れないことにしました。

さて、この七人に加え、家にはもう一人います。七日前に、森で迷子になっているところをしゃかりきプッチが見つけて連れ帰ったというその少女は、白雪姫という名前でした。事情は多く語らないものの、行くあてのないという白雪姫を七人は快く泊めてあげ、それ以来、白雪姫は炊事、洗濯、掃除など、プッチたちの世話をしながら一緒に住んでいるということでした。

プッチたちは森の西の果てにある鉱山に出かけては、毎日少しずつ金塊を掘り、それを町の取引業者のところへ持っていくのだそうです。今日も七人は金塊を掘り、ひけらかしプッチがそれを町へ持っていき、残り六人は先に帰宅したのでした。無事に業者のもとに金塊を届けたあと、ひけらかしプッチは赤ずきんとピノキオに出会ったのですが、この間に、七人の小人の家では大変なことが起きていたのです。

「白雪姫が、パンを焼いてスープを作って待っていてくれたんだ」

藍色帽子の小手先プッチが、毛糸でせわしなくあやとりをしながら説明します。赤ずきんは与えられたパンをかじりながら、それを聞いていました。

「白雪姫がスープを分けてくれて、俺たちは同時に食いはじめた。うまいうまいとみんなで食べていたら……」

小手先プッチの手の中で、毛糸はアゲハチョウを形作っています。

「突然、貧乏性プッチが立ち上がって、天井を見上げて『うっ！』と言って」

ぱちん。両手を閉じ、アゲハチョウがただの輪に戻ります。

「血を噴いて倒れた」

「そんなんじゃねえ！」緑色の耳障りプッチががらがら声で叫びます。「こうだ。『ううっ。うわあおあおあっ、うわあああっ！』。血がぶしゅううと間欠泉《かんけっせん》みたいに噴き上がって、おれっちの頭にどばどばどばと降り注いだ！」

「大げさなんじゃ！　黙っておれ！」

ひけらかしプッチに怒鳴られ、耳障りプッチはしゅんとして腰を下ろします。小手先プッチが続けました。

「俺はすぐに貧乏性プッチに近づいて首の脈をとったが、もう死んでいたんだ」

「ふうーむ」ひけらかしプッチは小皿に載せた、小鬼の顔のような豆を一同に見せました。「こいつを食ったからであるな。ゴブリンビーンズ。猛毒である」

「猛毒!?」白雪姫が口元に手をあてました。「私、知らなくて……。ちょっと歩いたところの木の根元に生えていたの。おいしそうだと思って、摘んでスープに入れてしまったわ。私のせいで……」

その日に、見る見るうちに涙が溜まっていきます。

「ちょっと待ってください」

いちばん若い、しゃかりきプッチが手を上げます。

「ぼくもそのスープを飲みました。みんな飲んだはずです。なぜ、貧乏性プッチだけが死んだのですか」

「ふむ、ゴブリンビーンズは実だけを食べても毒にならん。それどころかコクがあって、煮ても炒めてもうまいときている。じゃが、根っこと一緒に食べるとたちまち猛毒になるんじゃ」

ひけらかしプッチは、その植物についての知識をひけらかします。

「実と根っこ、どちらかを別々に食べただけでは死なず、しばらくすれば毒性は消えるが、半日以内に実と根っこを共に食べてしまうと間違いなく死んでしまう。かつては、ゴブリンビーンズを食う前は念のために丸一日、断食をするというしきたりがあったくらいじゃ。むろんそんなのは腹が減ってかなわんから、人間の世界ではもう百年以上も食われておらんし、その毒について知っとるもんも少なかろう。わしも、この家の食卓にはゴブリンビーンズを出してこんかったんじゃ」

「ということは……」としゃかりきプッチは眉をひそめ、「どういうことです？」と訊ずいぶんと鈍いプッチだわ。赤ずきんは思わず口を出しました。
「貧乏性プッチさんだけが、どこかで先に根っこを食べていたということでしょう？」
「そういうことじゃな。普通はあんな根っこ、食わんものじゃが」
　赤ずきんは最後のパンのひとかけらを飲み込んでしまうと、部屋の中を見回しました。
小さな調理台の脇に、隣の部屋に続くドアがあります。
「向こうは寝室ね？　ちょっと見ていいかしら？」
小人たちがうなずいたので、赤ずきんはドアを開けました。ベッドが八つ並んでいて、
小人たちの服と同じ色の布団が敷かれています。一番手前の白い布団は、白雪姫が使っ
ているものでしょう。貧乏性プッチと同じ青い布団のベッドを、赤ずきんはくまなく調
べました。一見普通のベッドですが、脚の部分に小さな四角い切れ目があり、爪を立て
るとぱかりと外れました。
「なんじゃ、それは」ひけらかしプッチが驚いている脇で、「俺が頼まれて作ったん
だ」とあやとりをしながら小手先プッチが言いました。
「貧乏性プッチのやつ、『念のため』とか言って晩ごはんを少し残しておく癖があった
んだ。他のやつらに見つからない秘密の隠し場所を作ってくれってな」
　その手の中で、毛糸は見事なペガサスを形作っています。

「こんなものが隠されていたわ」赤ずきんが取り出したのは、一粒のキャンディでした。緑色で、ちょろりと何かの根っこが飛び出ています。

「これはまさしくゴブリンビーンズの根っこじゃ！」

「たぶん今朝、みんなが起きる前に食べたのよ」

「こんなキャンディ見たことないよ。ぼく以外のみんなで分け合っていたのかい？　どうせぼくなんて分けてもらえないんだ」

「卑屈なことを言うな。みんな知らんわい」

ひけらかしプッチが卑屈プッチをたしなめます。

「なぜこんな根っこをキャンディの中なんかに入れるんじゃ？　うまいもんでもなしに……まあ、あいつは貧乏性じゃったからな」

ひけらかしプッチは首をひねりつつ、一応は納得したようです。しかし、赤ずきんはどこか腑に落ちません。

「ああ……！」ダイニングのほうから、白雪姫の嘆きの声が聞こえます。「まさか出がけにそんなものを食べていたなんて。私がこのお豆をスープに入れなきゃ……」「白雪姫のせいじゃないさ」「そうだそうだ」「知らなかったんだからしょうがないんじゃ」「ぼくなんかに言われてもうれしくないと思うけど、そんなに気を落とすなよ」「君に涙は似合わないよ」

プッチたちは口々になぐさめの言葉を言いながら、どどどとダイニングに戻っていきます。白雪姫が可愛いからみんな甘いのだわと白けつつ、赤ずきんもダイニングに戻りました。男がみんなこんなものだというのは、赤ずきんだって理解しています。もう十五歳ですもの。

と、そのときです。

「……すみません」

かぼそい声がしました。ひときわ痩せて、顔色の悪い、オレンジ帽子のプッチでした。

「なんじゃ霊感プッチ。お前、存在感薄いんじゃ」

ひけらかしプッチが言います。

「すみません……実は、ずっと気になっていることがありまして……。白雪姫がこのうちに来てから、たまに視線を感じるんです。彼女には話したのですが……」

「視線じゃと?」

「はい。それが、さっき貧乏性プッチが倒れたあとに、はっきり感じたんです。ちょうどこのあたりから」

と、右手の人差し指でぐるぐる円を描くようにして、天井の一角を指します。

「あれは、亡霊とかそういうたぐいのものじゃないですね……。悪魔とか、魔女とか、そういう……ぼくが視線を感じる方向をじっと見ていると、やがてその気配は消えました」

陽気なオレンジ色の服とは裏腹に、じとっとした、陰気なしゃべり方をするプッチです。他のプッチたちは気味悪そうにその姿を見つめますが、誰も何も言いません。白雪姫を含め皆が皆、霊感プッチの能力に何かしらの信頼を置いているようでした。

5.

アプフェル城の地下には、調理場があります。大人数が集まるパーティーのときに、普段使っている調理場だけでは料理が間に合わなくなるので造られたのですが、王様が亡くなって以来パーティーを開かなくなり、放っておかれているのでした。

今、その調理場では大きな鍋が火にかけられ、赤黒い液体がぐつぐつと煮えています。イモリの黒焼きや、黒やぎの角、野うさぎの骨、雄鶏の爪に、秘石の粉が数種類……魔女のまじないに定番の食材は入っていますが、この気味の悪い色の正体は、大量に投入したゴブリンビーンズの根でした。

「鏡よ鏡、リンゴを入れるのはそろそろかしら?」

「さあ。ご自分でお読みください」

いつもの部屋から運んできた魔法の鏡には、《毒薬術入門》の毒リンゴの作り方のページが映し出されます。ヒルデヒルデはため息をつきながら、分厚い魔法言葉の辞書をぺらぺらめくりました。

この本を読むのは子どもの頃以来ですが、はるか昔にドロップアウトした魔法言葉をもう一度勉強することになるとは思いませんでした。ラテン語を中心に十八の言語が混ざり、一つの動詞につき格変化が四十七個もある、とても難しい言葉なのです。

《毒薬術入門》ではゴブリンビーンズについて、一ページが割《さ》かれていました。そのすべてを読むのは骨が折れるので初めだけ解読しましたが、「根を誰かに食べさせるには、ピクルスにするか、すりおろしてサラダドレッシングにするか、凍らせてシャーベットにするとよい。パイやフリットや焼き菓子には向かない」とのことでした。

都合の悪いことに白雪姫はピクルスもサラダもシャーベットも嫌いなので、どうしようかと考えた末、ヒルデヒルデが思い至ったのが毒リンゴでした。はるか昔、毒リンゴの作り方だけは褒められたことがあったのです。「このやり方さえ覚えときゃ、たいていの毒はリンゴに染み込ませられるんだよ」と母は言ったものでした。

「ええと、『シャピアピ』は『羊』で、『ゴルベオムム』は『焦げる』の過去完了嗅覚形容分詞だから……『羊の頭が焦げたような臭いがしたら、リンゴを入れる』ということね」

ヒルデヒルデは鼻をひくひくさせましたが、わかりません。

「鏡よ鏡、羊の頭が焦げた臭いってこんな感じ？」

「わかりません。私には鼻がないので」

困ったわと思ったそのとき、

「うわあ！　なんだこの臭い」

誰かが階段を下りてきました。一人息子のヴィクトルでした。毒リンゴを作っていると知られたら大変です。

「珍しいね、母さんが料理なんて」

「何しに来たの？　上へ戻りなさい」

「明日さ、城の屋根を直そうかと思って」ヴィクトルは鼻の下を人差し指でこすりながら言います。「俺、大工仕事、好きなんだよ。家来たちに聞いたら、女王の許可を取ってきてくださいってさ。いいだろ？」

「ヴィクトル、あんたは皇太子なのよ？　落ちて怪我でもしたらどうするの？」

「平気平気。……それより、なんなんだい、この臭い。羊の頭が焦げたみたいだよ」

「えっ？」ヒルデヒルデは飛びあがりました。「羊の頭が焦げた臭いってこんな感じなの？」

「ああ、むかし、仲間と羊を捕まえて焼いたとき、こんな臭いがしたんだ」

「そうなの。ありがとう！」

「ねえ母さん、屋根、直していいだろう?」

「いいわ。さあ、上へ戻って」

「やったぜ!」

喜んで階段を駆け上がっていく息子を見送ると、ヒルデヒルデは鍋の中にどぼどぼとリンゴを放り込みました。

「まさかヴィクトルに助けられるなんてね」

「大きくなりましたね、ヴィクトルさんも」

「まだまだよ」ヒルデヒルデはため息をつきたくなります。もう十七歳になろうかというのに、いつまでも子どもなのです。今日は機嫌のいいほうですが、悪いときには手当たり次第にものを壊して暴れ回り、城の家来を傷つけ、そうかと思うと部屋に鍵をかけて何時間も閉じこもりっきりになります。そのたびに育て方を間違えたのかと頭を抱えたくなるのでした。本当に子育てというのは……と、嘆いている場合ではありません。

ヒルデヒルデは毒リンゴの鍋に向き直りました。

「さて、これであとはしばらく煮込めば完成だわ。暇つぶしに白雪姫の様子でも見てやりましょう。鏡よ鏡、憎たらしい白雪姫と小人どもをお映し」

「かしこまりました」

一度白くなった鏡の中に現れたのは、夜道の光景でした。ランプを持つ黄色の小人が先導し、五人の小人が小さな棺《ひつぎ》を運んでいきます。スープを飲んで死んだ青色の小人の葬列でしょう。棺の後ろには、沈鬱な表情の白雪姫がいて……

「あら？　あの子は誰かしら？」

ヒルデヒルデの目に留まったのは、白雪姫のすぐ脇を歩いている女の子でした。歳は白雪姫より少し下、十四歳か十五歳でしょう。真っ赤なずきんを被り、あどけないながら賢そうな顔立ちをしています。手にしたバスケットの中には、何やら木でできた顔のようなものが入っています。

「あれは……タマネギザクロの木？　ということはあの子も魔女かしら？」

赤いずきんを被った魔女なんて聞いたことがありません。迷子かしら……それにしても……と、その子の顔を見ていいしれぬ胸のざわめきを感じたそのとき、

「あっ」

またです。棺を担《かつ》いでいる小人の中から、オレンジ色の小人だけがこちらに目を向けているのです。

あの小人――やっぱり、私が見ているのに気づいているわ。

6.

その夜、赤ずきんとピノキオは貧乏性プッチの葬儀に参列し、小人の家に泊めてもらいました。空いてしまった貧乏性プッチのベッドに身を横たえるのはもの悲しい気もしましたが、疲れていた赤ずきんはぐっすりと眠りに落ちました。

「赤ずきん、起きなよ、赤ずきん」

枕元のピノキオの頭に起こされたときにはすでに朝になっていて、他のベッドはすっかり空でした。食堂へ行くと、小人たちはもう朝ご飯を終え、つるはしやロープの準備をしていました。

「おはよう、赤ずきん」

しゃかりきプッチが声をかけてきました。

「おはよう。みんな、今日も仕事へ行くの?」

「うん。いつも通りに金塊を掘りに行くことを、貧乏性プッチも望んでいるはずさ」

「赤ずきんよ」ひけらかしプッチが手招きするので近づいていくと、小声でこんなことを言われました。「白雪姫はまだ責任を感じとる。こういうときは女の子どうし、なぐさめてはくれないか」

白雪姫に目をやると、たしかに明るい顔ではありません。

「わかったわ」

赤ずきんはうなずきました。

やがて小人たちがハイホー、ハイホーと歌いながら出ていくと、赤ずきんは朝ご飯を食べ、白雪姫に聞いて家事を手伝いました。白雪姫はふさぎ込んだ様子でしたが、赤ずきんがピノキオを引き合いに出して冗談などを言うと、しだいに笑顔も見せてくれるようになりました。

掃除、洗濯と終わったあとで、

「赤ずきん、みんなのためにパンを作りましょうか」

白雪姫のほうからそう言ってくれました。

「いいわね！」

パン作りなど久しぶりです。粉に卵と水を入れ、力いっぱいこねて生地を作りました。その生地をちぎり、丸くしていきます。

「あっ。そんなに大きくなくていいわ」

赤ずきんのこねた生地を見て、白雪姫が言いました。

「そうか。みんな体が小さいんだったわ」

「パンっていうのは、作るの、面白そうだねえ」ピノキオが言いました。「ぼくも手伝おうか」

「顔と右腕だけでどうやって手伝うのよ」

「それもそうだ。じゃあ歌を歌うよ。去年のはーるー、ユリのはーなー、さかなーい♪」

「わあ、音痴。やめなさい」

赤ずきんとピノキオのやりとりを見て、ぷっと白雪姫は吹き出しました。

「二人はとても仲のよいお友だちなのね」

「そんなことないわ。私が一方的にピノキオに優しくしているだけ。ねえ」

睨みつけると、ピノキオは困ったように「う、うん……」と答え、その鼻がにょーんと伸びました。

「ちょっと、どういうこと？　嘘なわけないでしょう？」

粉だらけの手でピノキオの頭をつかむと、「わあ、ごめんなさいごめんなさい」と騒ぎ立てます。それを見てまた白雪姫は笑うのでした。

「ピノキオくんの左腕、見つかるといいわね」

にこりと微笑むその顔は、本当に、危険なくらい可愛らしいのでした。と、その首に、見覚えのあるネックレスが光っていました。

「そのネックレス、ひけらかしプッチさんからのプレゼントでしょう？」

「え？　どうして知ってるの？」

「昨日、森の中で出会ったときに持っていたのよ。すぐに隠したけれど」

「そうだったの。葬儀が終わったあとにこっそり渡してくれたの。貧乏性プッチさんが死んだあとでつけるなんて不謹慎かしら」

「いいえ。とっても似合ってるわ」

おじいさんとはいえ、ひけらかしプッチも男です。白雪姫に気に入られたいのでしょう。

「ねえ白雪姫」

赤ずきんは訊ねました。

「そもそも、あなたはどうして森の中をさまよっていたの？　お父さんやお母さんは？」

「お父さんもお母さんも死んだわ」

白雪姫は目を伏せました。

「ここへ来る途中、リンゴのオブジェが飾られた、赤い屋根の塔が三つあるお城を見かけなかった？　アプフェル城というのだけれど」

「ええ、見たわ」

「私の父はあそこの王様だったの」

「そうだったの？　じゃあ、『姫』というのは本当なのね」

「そう。だけど母が亡くなって、父が新しいお妃を迎えたときから、運命は変わったの。ヒルデヒルデという、長い黒髪のとっても美しい人なんだけれどね」

初めて会ったときからどこか怪しい雰囲気があったの、と白雪姫は言いました。

「表向きはずっと私に優しくしてくれたけれど、父が死んでからその態度は豹変《ひょうへん》したわ。実の息子のヴィクトルには優しいのに、私には不自由を強《し》いるのよ。それだけじゃなくて、変なものを持っているの──鏡よ」

城の中央の塔のてっぺんにある部屋に持ち込んだ不思議な鏡に、夜な夜な話しかけては、いろいろなお告げをもらっていると白雪姫は言いました。

「ヴィクトルに聞いたら、彼女は魔女の集落の出身なんですって。その鏡に話しかければ、世界中の好きなところを映し出してもらえるそうよ」

なんて恐ろしい道具でしょう。

「ひょっとしたら、このアプフェル国を乗っ取るために父に近づいたのかもしれない。父もきっと、あの人に殺されたのよ」

パン生地をこねる手を止め、白雪姫は震え出しました。

「あの人にとっては、私も邪魔者だった。だから猟師のボボロさんをそそのかし、私を森に連れ出させたんだわ」

森から城へ帰る道がわからなくなったところで、白雪姫は置き去りにされたことに気づいたのでした。しゃかりきプッチに助けられなければ、さまよい続けて餓死していたかもしれません。

「なんてひどいお妃かしら」

テーブルを叩く赤ずきんを、まあまあと白雪姫はなだめました。

「なんとかしてその魔法の力を奪うことはできないの？」

『人間を殺すと、母さんの魔法の力は失われる』って、ヴィクトルが」

それは難しいわねと赤ずきんは考えます。殺人を犯す意志のない他人に殺人を犯させる方法なんて、この世にあるでしょうか？

「そんなに怖い顔をしないで、赤ずきん。私はむしろ、森の中に置き去りにされて幸せだったと思うの。楽しい小人《プッチ》のみんなに出会えて、こんなに素敵なおうちで暮らすことができて」

それならいいけれど……と思ったそのときでした。

「赤ずきん！　ピノキオ！」

扉が開いて、しゃかりきプッチが飛び込んできました。

「左腕が見つかったよ！」

「本当かい？」

誰よりも早く、ピノキオが反応しました。

「ああ。だが、ちょっと取りにくいところにあるんだ。とにかく、来てくれないか」

赤ずきんはピノキオの頭をバスケットに放り込み、しゃかりきプッチと共に外へ飛び出します。白雪姫もついてきました。小人たちが集まっていたのは、太い樫《かし》の木の根元でした。金鉱掘りの道具類はそばにまとめて置かれ、幹に両手をついた卑屈プッチの肩に耳障りプッチが乗っています。

「わあ揺れる揺れる！　怒り狂ったドラゴンの背中のように揺れる！」

「うるさいぞ耳障りプッチ。おい小手先プッチ、お前、早くやつの上に乗らんか」

ひけらかしプッチが指示を出しますが、

「ぼ、ぼくは指先が命なんで。よじ登っている最中に突き指でもしたら大変だから」

「するもんか。おい、じゃあ霊感プッチ。お前だ」

少し離れた木の根元にしゃがんだ霊感プッチは、どんよりした顔のまま、

「……そういうの、苦手です」

首を横に振りました。耳障りプッチの下の卑屈プッチが自嘲《じちょう》気味に笑いました。

「重いから早くしてくれって言ったって無駄だろうな。どうせぼくなんかが頼んだって」

「お前の卑屈さが一番疲れるんじゃ。ああ、これじゃあピノキオの左腕を回収すること

などできん！」

「どこにあるのよ」

赤ずきんが声をかけると、小人たちが一斉にこちらを向き、耳障りプッチがどすんと地面に落ちました。

「あーいたたた！　背骨が折れた！　肩も腰もあばらも歯もみんな折れた！」

大声でがなり立てますが、みんな無視します。

「あそこじゃ」ひけらかしプッチが指さす先を見ると、頭上はるか二十メートルほどの枝に、たしかに木製の左腕が引っかかっていました。

「手ごろな枝が生えていないので上ることができんし、幹が太すぎて揺らしてもびくともせん。皆の体を積み上げるようにしてなんとか取ろうと思ったが、このざまじゃ」

そのとき、まとめられている道具類の中に、二メートルほどの板があるのを赤ずきんは見つけました。あたりを見回すと、少し離れたところに古びた切り株がありました。幸い、切り株と樫の木のあいだに邪魔になるものはありません。

「これ、借りるわね」

赤ずきんはその板を抱え、一端が地面につくように、反対側は宙に浮くようにして切り株に置きました。そして地面についているほうの端に枯葉を敷き、バスケットの中からピノキオの頭を出してその上に置きます。

「赤ずきん、どうするつもり？」

「こうよ！」

赤ずきんは足を上げ、宙に浮いているほうの板の端をばこん！と思い切り踏みつけました。板はシーソーの要領でもう一端が跳ね上がり、枯葉が舞うとともにピノキオの頭がぽーんと飛んでいきます。

「わあああ！　ついこないだ、同じ目に遭ったよう！」

ピノキオの頭は放物線を描き、左腕にごちんと命中しました。

頭と一緒に地面に落ちた左腕を見て、小人たちが歓声を上げます。

「すごいわ、赤ずきん！」

白雪姫が両手を合わせて感激しています。

「大したことないわ。これくらい」

赤ずきんが得意になったそのとき……

「違うよ」

転がっているピノキオが困惑したように言いました。

「何が違うのよ？」

「これ、ぼくの左腕じゃないよ」

「嘘でしょ？」

赤ずきんは左腕を拾いあげました。そして、バスケットの中にある右腕と並べてみました。

「そっくりに見えるけれど」

白雪姫が眉根を寄せました。

「白雪姫の言うとおりよ。あなたの左腕じゃないのだったら、誰のなのよ？」

「知らないよ。でもほら、今、ぼく、左手の指を動かしているけれど、それ、動かないだろ？」

本当に動かしているかどうかなんて、あなたにしかわからないじゃない……と言いかけて、赤ずきんははっとしました。そうです。この人形は、嘘をついているかどうかだけは明確にわかるのでした。ピノキオの鼻は、ぴくりとも動いていません。

「だいたいぼくの左腕は今、丸くて冷たいものの上に載っているよ。鉄か石か。くぼみがあって、その真ん中に笛くらいの棒が立ってる」

「どうしてそれを早く言わないのよ」

「しゃかりきくんがあまりにも興奮していたから、言いにくかったんだ」

と、ピノキオはしゃかりきプッチのほうを見ました。まったく……と呆れつつ、赤ずきんの頭の中には大きな疑問が浮かびました。目の前にあるのは、少なくとも見た目は、ピノキオの腕そっくりなのです。精巧なピノキオの左腕の偽物——いったい誰が、何の目的でこんなものを作ったのでしょう?

7.

「こっちよ、早く下りてきなさい」

地下室の調理場に下りる階段を、ヒルデヒルデは先導して下りていきます。びくびくした顔でついてくるのは、猟師のボボロでした。

「城の地下に、こ、こんなところが……」

調理場にやってくると、ボボロはおっかなびっくり鉄鍋の中を覗き込みます。毒リンゴの材料はすっかり捨ててしまい、鍋はぴかぴかに磨かれた状態でした。

「勝手に覗かないで。あなたの作業場は、こっち」

ヒルデヒルデは、さっき設《しつら》えた調理台へとボボロを引っ張りました。正面の壁には魔法の鏡がかかっていますが、今は普通の鏡と同じく、不安げなボボロの顔を映し出すだけです。

「いいことボボロ。ここで、クッキーを作りなさい。作り方はわかるわね?」

調理台の上には粉とバター、牛乳、それにゴブリンビーンズが用意されています。

「ガキの頃おふくろに手伝わされたから、なんとなくは……」

「作ったらそれを、森の中のプッチどもの家に持っていくのよ」

「あの、ちっちゃな金鉱掘りの連中ですか」

「そう。白雪姫はそこにいるわ」

「なっ……」

青ざめるボボロに、ヒルデヒルデはぐっと顔を近づけます。

「わかっているわ。あんたもあの子の見た目にコロッとだまされて、殺すことができなかったのでしょう。だから私もあの子を殺すことはあきらめたの。でも、城に戻ってこられるのは困るわ。だからこの先、ずっとプッチたちのところで暮らしてもらいましょう。クッキーはまあ、『よろしく』という挨拶代わりね」

「それならヒルデヒルデ様が、ご自分でお作りになったほうがいいのでは？」

「この爪でクッキーを作れって？」

ヒルデヒルデの爪は長く伸び、先が鋭く尖《とが》っています。ボボロはそれを見て、さらに怯《おび》えました。ヒルデヒルデは安心させるように笑みを浮かべました。

「本当を言うと、私は料理が苦手なのよ。あなたのクッキーなら、白雪姫も安心して食べるでしょう。いい？　この豆を刻んで混ぜるのを忘れないように。そして、白雪姫には確実に、食べてもらうのよ」

「わ、わかりました」

ボボロはゴブリンビーンズのことを知らないようでした。

「オーブンはすでに温めてあるわ」

鉄鍋をはさんだ向こう側にあるオーブンを指さすと、ヒルデヒルデは「じゃあね」と、手を振り、階段へ向かいました。

階段を上りながら、自分の頬が緩んでいくのを、ヒルデヒルデは感じていました。

白雪姫を生かしておくつもりなんて、もちろんありません。でも、直接殺してしまっては、魔法を使う能力が失われてしまいます。そこでヒルデヒルデが考えたのは、ゴブリンビーンズの利用でした。

まず、根っこの毒を使って毒リンゴを作り、これを白雪姫に食べさせておきます。その毒性が体に残っている半日のうちに、今度は実を混ぜたクッキーを食べさせるのです。ゴブリンビーンズは料理に使ってもお菓子に使ってもおいしい食材ですが、根と実を合わせて食べるとたちまち猛毒となり、死んでしまうのです。

ここでどうしても必要なことは、白雪姫を最終的に死に至らしめるクッキーは、最初から最後までヒルデヒルデ以外の人物が作らなければならないということです。そこで再度、猟師のボボロを呼び出したのです。

ヒルデヒルデの毒リンゴを食べただけでは、白雪姫は死にません。つまりこの時点では、ヒルデヒルデは白雪姫を殺していません。その後、ボボロが作り、ボボロが手渡したクッキーを食べて白雪姫は死ぬのです。これで、白雪姫を殺したのはボボロということになります。二つ重なることによって初めて毒性を発揮する毒物――これを利用した、完璧な計画でした。

「やってやるわ」

ヒルデヒルデはつぶやきました。計画を成功させるには、昨晩作った毒リンゴを確実に白雪姫に食べさせなければなりません。鏡を通してではなくしっかりとこの目で、毒リンゴをかじるところを確認するのです。

それにはまず――変装です。

8.

小人の家の中は、いい匂いが充満していました。午前中にこねて寝かせておいたパン生地が、窯《かま》の中でふっくらと焼きあがっていくのです。

「おいしそうね。おなかがすいてきたわ」

赤ずきんが言うと、白雪姫もうなずきました。

「もうそろそろみんな帰ってくると思うわ。ちょうどその頃に焼きあがるでしょう」

左腕の騒動のあと、小人たちは仕事に出かけ、赤ずきんたちは家に戻ったのでした。

「ねえ、ぼくの左腕はどうなったの？」

ピノキオだけが相変わらず心配しています。

「そのうち見つかるわよ。おなかがぺこぺこで、今はパン以外のことを考えられないわ」

「赤ずきんってすぐにおなかがすくねえ。ぼくも人間の子どもになったら、おなかがすくのかな」

「おなかがすくっていうのはいいことよ。ごはんがおいしいもの」

「『おいしい』っていうのも、ぼく、よくわからないや」

とピノキオが言ったそのとき、ドアがノックされました。

「誰かしら？　みんなが帰ってくるにはまだ早い時間だと思うけれど」

白雪姫がそう言いながらドアを開けました。

立っていたのは、黒いフードつきの服を着て、肩から大きな麻袋を提げた、ずいぶんと腰の曲がったお婆さんでした。被ったフードから見える真っ白な髪はぼさぼさで、いぼだらけの大きな鼻が特徴的です。瞼《まぶた》も頬もたれ下がっている上にシミだらけで、人間ってこんなに老けるものかしらと思えるほどでした。

「やあこんにちは。私はリンゴ売りだよ」

ずいぶんとしわがれた声でした。

「リンゴ売り？」

「そうさ。うちの農園でおいしいリンゴが採れたんだ。一ついらんかね？　いや、一つと言わず、三つ、四つ」

おばあさんは勝手に家に入ってくると、麻袋の中からリンゴを取り出し、無遠慮にテーブルの上に並べていきます。

「まあ、おいしそうなリンゴだわ」白雪姫は両手を広げて言いました。「でもごめんなさい。私、お金を持ってないの」

「お金なんていいんだ。実を言うと町で売ってきた余りものでね、持って帰っても食べきれないからどうしようかと歩いていたら、こんな可愛い家があるじゃないか。思い切ってドアをノックしてよかったよ。あんたがたみたいな、若いお嬢さんたちに食べてもらえたらねえ」

たしかに、おいしそうなリンゴでした。

「ねえおばあさん。おばあさんの腰はどうしてそんなに曲がっているの？」

そのとき突然、ピノキオが訊きました。

「年をとるとねえ、こんなふうになるのさ」

リンゴ売りのおばあさんは平然と答えます。

「じゃあ、おばあさんの鼻はどうしてそんなにいぼいぼなの？」

ピノキオったら、私の口真似《くちまね》かしら。赤ずきんは不快です。

「これも同じさ、年をとるとこんなふうになるのさ」

「じゃあ、おばあさんの腕は細いのに、どうしてそんなに重いリンゴを持って歩けるの?」

「えっ?」

「だって、ここにあるリンゴだけでも重そうなのに、町で売ってきたってことは、はじめはもっとたくさんのリンゴを持っていたってことだろう?」

なかなか鋭いわと、不快はすぐに愉快に転じました。このおばあさん、たしかにおかしなところがあります。顔はこれでもかというくらいにしわくちゃなのに、リンゴを扱うその手は妙に若々しく、爪なんか獲物を狙う鷹のそれのように尖っています。

「とてもおいしそうだわ。艶《つや》やかで甘そうで。本当にお金はいいの?」

白雪姫はまったく頓着《とんちゃく》することなく、リンゴを一つ取り上げて、うっとりしたような顔で見ています。

「ああ、いいともいいとも。さあ、食べてみなさい、さあ」

「それじゃあ遠慮なく、いただきます」

シャリッ。白雪姫がリンゴをかじります。そして満足そうに微笑むのです。

「ほっぺたが落ちそうに甘いわ。赤ずきん、あなたも食べてみたら?」

「私は……」と、テーブルの上のリンゴを見て、唾《つば》をのみました。しゃくりしゃくりと白雪姫がかじるそのリンゴからは、嗅いだこともないような甘い匂いが漂ってきて、空腹感を刺激しました。

やっぱり怪しいわ。リンゴから目を背けるように天井を見ました。霊感プッチが視線を感じると言っていた、天井の片隅です。

……あれ？

赤ずきんはふと思いました。白雪姫の継母ヒルデヒルデが持っているという不思議な鏡は、世界中の好きな場所を映し出せるのではなかったでしょうか。霊感プッチが感じていた「視線」が、鏡を通じて見ていたヒルデヒルデのものだとしたら……頭の中で、いろいろつながっていきます。

やっぱり、このおばあさんは——でも、それだとしたら、その意図は何なのかしら……

「どうしたの？」

考え込んでいると、白雪姫が言いました。純粋そうな瞳。こんな目で見つめられたら、男の人ならコロリと言うことをきいてしまうでしょう。

「食べないの？」

やはり、真相を確かめるためには、こうするしかありません。

「いただきます！」

リンゴを一つ手に取りかじりつきました。夢のように甘い果汁が口の中に広がっていきます。そんな赤ずきんと白雪姫を見て、おばあさんはにんまりと微笑みました。

「それじゃ私は帰るとしようかね」

とドアへ向かうおばあさんを、「ちょっと待って」と赤ずきんは呼び止めました。

「忘れ物よ」

テーブルの下に置いてあった麻袋を、赤ずきんは手渡します。

「あ、ありがとうよ」

おばあさんはそれをひったくるように受け取ると、さっさと出ていきました。

9.

アプフェル城に帰る道々、ヒルデヒルデはべりべりと付け鼻や付け頬を剝《は》がし、そこらに捨てていきます。まったくあのタマネギザクロの人形はなんなのでしょう。それに、赤ずきんという妙に賢そうな女の子……あやうくボロが出そうになりました。

「細かいことはいいわ」

つぶやきながら、白髪のかつらを茂みの向こうへぽいと捨てました。

アプフェル城に着くと、ヒルデヒルデはすぐに地下の調理場へ向かいました。バターのいい香りがしていて、調理台に向かっているボボロが上機嫌で鼻歌を歌っています。

「ボボロ」

「おや女王様、おかえりなさいませ。なんですか、その恰好は」

ヒルデヒルデは自分がまだ黒いフード付きのローブに身を包み、麻袋を持っていることにようやく気づきました。ローブを脱ぎ、麻袋といっしょにくしゃくしゃにして、部屋の隅に放り投げます。

「なんでもないのよ。それより、クッキーは焼きあがったの?」

「ええ。見てくださいよ、これ」

このひげ面の猟師にしては上出来の、可愛らしいクッキーでした。

「鏡よ鏡、この男はゴブリンビーンズをしっかり混ぜたでしょうね」

〔ええ、間違いなく〕

壁の鏡が答えました。一見しただけではわからないので、細かく刻んだに違いありません。

「上出来、上出来。それじゃあ今すぐ、森の小人たちのところへ持っていきなさい」

「考えたんですがね、女王様。クッキーといえばおやつの時間に食うもんではないでしょうか。今持っていっても、夕飯どきでしょう。クッキーなんか食いますか?」

「あなたは黙って私の言うことに従っていればいいのよ。必ず今夜中に、白雪姫にこのクッキーを食べさせるのよ。ほら、早くして」

ボボロはこれ以上口答えはできないと思ったのか、クッキーを箱詰めし、「では行ってまいります」と階段を上がっていきました。

あとはボボロがうまくやるかどうかを見守るだけです。クッキー作りの道具が散乱している調理台の前に立ち、鏡の中の自分を見つめます。

「鏡よ鏡、森の小人の家を映し出してちょうだい」

〔ヒルデヒルデ。小人の家を映し出す前に、報告が一つございます〕

「報告?」

ヒルデヒルデの命令を遮って鏡のほうから話しかけてくるなんて、きっとよっぽど重要なことに違いありません。

〔実に残念な報告なのですが……〕

ヒルデヒルデが鏡の報告を聞き終えたそのとき、かんからからと大きな音が背後でしたので、思わず振り返りました。壁に立てかけてあった火かき棒が倒れているのです。

「えっ?」

ヒルデヒルデはぞっとしました。火かき棒のそばに、さっき脱ぎ捨てたローブがありますが、もぞもぞと、まるで意志を持っているかのように動いているのです。

魔法をかけた覚えはありません。だとしたら、誰か別の魔女によからぬ魔法をかけられているのでしょうか。

「誰なの！」

ヒルデヒルデは叫びます。ローブはお構いなしに、もぞもぞ、もぞもぞと――。

10.

赤ずきんがピノキオの頭とともに小人の家に戻ると、小人たちも帰ってきていて、すでに夕食は始まっていました。

「おや赤ずきん、ずいぶん遅かったね」

ひけらかしプッチが言いました。

「ごめんなさい。どうしてもキイチゴが食べたかったんだけど、こう暗くては見つからなかったわ」

赤ずきんはリンゴを食べたあと、キイチゴが食べたいから摘みに行ってくると白雪姫に言って、ピノキオを連れて出かけたのでした。

「キイチゴは明日摘みに行けばいいわ。こっちへどうぞ、赤ずきん。あなたのスープもあるわ」白雪姫がにこやかに椅子を引きます。「昼間焼いたパン、おいしいおいしいってみんなが」

「そう、よかったわ」

「ぼくも食べたいなあ」

「ピノキオ、あなたは食べられないでしょう」

小人たちが笑ったそのとき、こんこん、とドアがノックされました。

しゃかりきプッチが立ち上がり、ドアの前に進みます。同時に霊感プッチが天井の片隅に目を向けたことを、赤ずきんは見逃しませんでした。さらにその霊感プッチのしぐさに、白雪姫が反応したことも。

「誰です？」

しゃかりきプッチが訊ねます。

「猟師のボボロと申します」

「まあ！　しゃかりきプッチさん、その人は私の友だちよ。開けてくださる？」

白雪姫に言われ、しゃかりきプッチはドアを開けました。顔じゅうひげだらけの、大柄な男の人が立っていました。

「やあ白雪姫、こないだはすまなかった……」

白雪姫を見つめる目は、ばつが悪そうです。

「実は、女王様から、あんたを城から追放するように言われてね」

「なんだって!」しゃかりきプッチが叫びました。「それであんた、こんなか弱そうな女の子を、危険な森の中に置き去りにしたっていうのか?」

「ま、待ってくれ。女王様は別に、白雪姫に死んでもらいたいわけじゃないんだ。この小人たちの家に白雪姫が世話になっていることを風の噂に聞いて、それならそのままここに留まってくれるようにとおっしゃっている」

「勝手なことを言うな!」

「もし君たちさえよければ、毎月、城からこの家に金を届けさせる。うまいパンやケーキや肉や野菜なんかもたくさん。今日持ってきたこのクッキーは、友好のしるしだ」

と、ボボロは小さな箱を掲げました。

「そんなもの、欲しくない! 荷車一杯の馬糞のほうがまだ価値があるっ!」

耳障りプッチが叫んで、皿を投げつけます。それをきっかけに小人たちは激高し、ボボロに罵声《ばせい》を浴びせながら手当たり次第に物を投げつけました。

「卑怯者!」「悪魔!」「帰っちまえ!」

「みんな、待って!」

白雪姫は止めました。

「お義母《かあ》さまが私のことを嫌っているのはなんとなくわかっていたのよ。あのままお城で息が詰まるような暮らしをするより、みんなとこのおうちで暮らすほうがいいわ」

小人たちはじっと白雪姫の言葉に耳を傾けています。白雪姫は一同を見回し、不安げな表情を作りました。

「みんなさえよければ、だけど」

「そりゃ、もちろん歓迎さ！」しゃかりきプッチが手を叩きました。

「ああ、そうだ」「俺たちと一緒に暮らしてくれ」「ひゃっほーう。天にも昇る気分だ」

「歓迎じゃ歓迎じゃ」

プッチたちはみんな、大喜びです。

「ありがとうみんな。ボボロさん。そういうことだわ」

「感謝します」

深く頭を下げるボボロに近づいていき、白雪姫はクッキーの箱を受け取りました。

「おいしそうなクッキーだわ。はい、ひけらかしプッチさん。はい、小手先プッチさん」

と、白雪姫は小人たちにクッキーを配っていき、

「はい、赤ずきん」

最後に赤ずきんにも一枚渡してきました。

「それじゃあみんなでいただきましょう」

小人たちはそれぞれ、クッキーをかじりました。うまいうまいと喜ぶ小人たちに、白

雪姫はすかさず別の皿を差し出します。切ったリンゴが載せられています。

「みんな、クッキーを食べたら喉が渇いたでしょ？　このリンゴをどうぞ」

「ああ、ありがとう」「本当に気が利くな、白雪姫は」

しゃかりきプッチと小手先プッチが手を伸ばし、何の躊躇《ちゅうちょ》もなくリンゴをかじります。

その瞬間、白雪姫はひゅうと口笛を吹きました。

「あなたは食べないの、白雪姫？」

クッキーを手に持ったまま、赤ずきんは訊ねました。白雪姫はそれには答えず、きゃは、と笑いました。

「きゃはは、きゃっははは！」

声はだんだんと大きくなっていきます。

「きゃははははは、きゃーっははははは！」

目を見開いて歯を剝き出し、悪魔のような表情です。白い肌の可憐《かれん》な少女にそぐわないその笑い声に、小人たちは驚いていました。

「ど、どうしたんだ、白雪姫」

小人たちを無視し、白雪姫が天井の隅を見上げます。霊感プッチがじっと見ていた、あの天井の隅を。

「見ているんでしょ、ヒルデヒルデお義母様。これであなたの魔法は、永遠に失われるわ！」

きゃはははっと笑い続ける白雪姫。呆然とする小人たち。

赤ずきんは静かに、クッキーを皿の上に置きました。

「ねえ白雪姫、あなたの肌はどうしてそんなに白いの？」

「なんですって？」白雪姫は笑うのを止め、赤ずきんを振り返ります。「生まれた時からだけど……どうして今そんなことを訊くの？」

「あなたはどうしてそんなに、パンを作るのが上手なの？」

「子どもの頃、亡くなった母に教えられたからよ」

「それじゃあ」

赤ずきんは白雪姫の鼻先に人差し指を向けました。

「あなたの犯罪計画は、どうしてそんなに杜撰なの？」

白雪姫は言葉を失いました。ですが、その目に敵意が満ちてくるのを、赤ずきんは見逃しませんでした。

すぐさま、天井の隅を見上げます。

「ヒルデヒルデさん、もういいわ」

「えっ。どういう……」

何かを言い出そうとする白雪姫の言葉を遮るように、再びドアがノックされました。

ボボロの前を通り過ぎ、赤ずきんはドアノブに手をかけます。

「紹介するわね。アプフェル国女王の、ヒルデヒルデさんよ」

開け放ったドアの向こうには、鏡を抱えた黒髪の魔女が立っていました。

11.

「お義母さま、どうして……」

白雪姫は、死人でも見たかのような表情でした。ヒルデヒルデはその脇で不敵な笑みを浮かべている赤ずきんを見て、本当に、なんて恐ろしい子だろうと嘆息したくなりました。


——つい一時間ほど前、アプフェル城の地下調理場でのことです。

「動いてる、動いてるわ!」

壁際に脱ぎ捨てたローブがもぞもぞ動いているのに、ヒルデヒルデはおののいていました。すると、そのローブの下からひょっこりと木でできた右腕が出てきたのです。

ヒルデヒルデはすぐに思い出しました。プッチたちの家にいた、丸いタマネギザクロの人形の顔。この腕はあの人形の腕でしょう。そういえばあの家を後にするとき、赤ずきんが忘れ物だと言って麻袋を渡してきたではないですか。あのとき、麻袋にこの腕を忍ばせたに違いありません。

それにしても気味の悪い現象だわ。床をぐにぐに這うその腕をヒルデヒルデは見下ろしました。魔法使いが儀式に使うザクロの中で、もっとも効果がのぞめるタマネギザクロ——その木で作られた人形ならば、腕だけでも自力で動くことができるでしょう。やがて腕は、肘から蛇のように前腕部を持ちあげ、五本の指をくいくいと動かしました。

〔ヒルデヒルデ。何か言いたそうです。ペンを握らせてみてはいかがでしょう〕

鏡が助言するので、ヒルデヒルデはその指にペンを持たせ、紙を置いてやりました。腕はすぐに、文字をつらねはじめました。

『ぼくはあかずきんといっしょにいた、木のにんぎょう、ピノキオ。あかずきんはしらゆきひめの、わるいけいかくをしっているよ』

悪い計画——？　初めは怪訝《けげん》に思っていましたが、たどたどしく綴られていくその文字を読んでいくにしたがい、背筋が寒くなっていきました。

『もしすこしでもしんじてくれるなら、ふたまたねじれのもみのきのところまできてほしいな。だいじなかがみもいっしょに』

幹が二つに分かれた、その珍しいもみの木がある場所は知っていましたので、鏡を持ってすぐさま向かいました。

そこには、あの赤ずきんが先に来ていました。

「白雪姫にはキイチゴを摘みに行ってくると言って出てきたわ」赤ずきんはこう言ったのです。「あなたはどうして白雪姫に死んでほしいの？　詳しく聞かせてもらえないかしら」

その聡明な二つの瞳にじっと見つめられ、ヒルデヒルデは嘘をつけませんでした。

「ヒルデヒルデさんは君主としてとても素晴らしい人よ」

目を充血させた白雪姫や、ぽかんと口を開けている小人たちに向かい、赤ずきんが話しはじめます。

「自分の経験から、子どもを一人で育てている母親を助けるための制度を作り上げたのよね。経済的支援はもちろんのこと、子育ての経験を持つ老婦人たちを相談員として集め、悩みを持つ母親がいつでも相談に来られるような場所を作った」

ヒルデヒルデは苦労を思い返します。結婚した当初から王様に何度も提案しましたが、官僚たちから反対され続け、七年の年月を経てようやく実現したのでした。

「国民から支持を受けたこの制度だけれど、王様が亡くなってから反対を始めた人がいた。あなたよ、白雪姫。おしゃれが大好きだったあなたは、珍しい服やアクセサリー、お化粧品を買いあさっては国家財政を逼迫《ひっぱく》させた。それをたしなめられたら、その愛くるしさで財政官を丸め込み、母親相談制度を廃止して浮いたお金を自分に回すように言ったのでしょう？」

本当にとんでもない娘です。このわがままのために、何人の悩める母親が苦しむことになるのでしょう。ヒルデヒルデが訴えると、「どこかのオバサンが苦しんだところで知ったことじゃないわ」と白雪姫は可愛い顔でせせら笑ったのです。

――だいたい、貧乏ならなんで子どもなんか産んだのよ。軽率な行動で勝手に窮屈になって勝手に悩んでるだけ。女として終わった人たちが、花盛りの女の愉《たの》しみをどうして邪魔するの？

「白雪姫を殺すというのは誤った選択だわ。でも、ヒルデヒルデさんにも同情する余地はあるでしょう？」

赤ずきんが小人たちの頭越しに、白雪姫を見ました。

「私はそんな事情、これっぽっちも知らなかったし、本当だったら知らんぷりして旅を続けてもよかったわ。だけど見過ごせなかったの。罪もない貧乏性プッチさんを意図的に殺した、白雪姫のことを」

「し、白雪姫が、貧乏性プッチを？」

信じられないというように黄色い小人が叫びました。

「スープにゴブリンビーンズの実を入れてしまったのは、ミスじゃなかったっていうのか」

「私が根っこ入りキャンディを見つけたとき、白雪姫はこう言ったの。『まさか出がけにそんなものを食べていたなんて』って。ゴブリンビーンズは半日以内に実と根を食べると猛毒になる。だから、貧乏性プッチさんが根を食べたのは早朝だったかもしれない。なのにどうして『出がけ』に食べたと知っていたのかしら？　私には『あなただけにあげるわ』とキャンディを渡す白雪姫の姿が見えるわ。でも、貧乏性プッチさんが、あなたからもらったキャンディを全部食べずに少し残しておくことまでは予想できなかった。何不自由なく育てられたあなたに、貧乏性を理解するのは難しかったみたいね」

ここのところの事情をヒルデヒルデはよくわかりませんでしたが、小人たちが騒然としているので事実なのでしょう。白雪姫は首をかしげています。この期に及んで猫をかぶろうとは、この子らしい態度です。

「そうそう、ひけらかしプッチさん」と赤ずきんが続けます。

「あなた、私と出会ったとき、本当は白雪姫に頼まれたネックレスを買いに行っていたんでしょ？」

「なっ」小人たちが一斉に紫色の小人を見ます。

「そ、そんな、わしは……」

「それも計画の一部よ。白雪姫はあなたに用事を申しつけて、食事が始まるときにこの場にいないようにしたの。スープの中に危険なゴブリンビーンズが入っているのを指摘されたら困るものね。それから、小手先プッチさん」

絶句する紫色の小人から、赤ずきんは藍色の小人に目を移します。

「あなたも白雪姫の言いなりになったわね。私がここに来た日、夜中のうちにピノキオの左腕の偽物を作るように言われたでしょ？　もちろん、他のみんなにも黙っているように口止めされてね」

「そ、そんなことは……」

「右腕をもとに偽物の左腕をあんなに上手に作れるのは、手先が器用なあなたしかいないわ」

藍色の小人はうなだれます。その態度が何よりの答えでした。

「ぼくなんかにはどうせわからないが、どうしてなんだ。なんでそんなものを作る必要があったんだ」

黄色の小人の卑屈な感じの問いに、赤ずきんは「私がキャンディを見つけたからだわ」と答えました。

「あのとき白雪姫は『まずい』と思ったのよ。これ以上、この赤いずきんの女の子をこの家にいさせたら、真相に気づくんじゃないかってね。それで、私の旅の目的を満たして、さっさと出ていってもらうために、左腕を見つけさせることにした。木の枝に載せたのは、空から魔女が落としたように見せかけるためで、実際は端に重しをつけたロープを放り投げて枝に渡し、重しがついていないほうのロープの端に切れやすい糸で偽の左腕を結び付け、ロープを引いて枝まで上げたのね」

腕が枝に引っかかったところでロープを強く引けば、糸が切れるはずです。あとはロープを引き降ろせば、腕だけが枝の上に残るというわけでした。

「ピノキオの腕が体から離れていても自由に動かせることを知らなかったのは、不幸だったわね」

白雪姫は何も答えません。赤ずきんは気にした様子もなく続けます。

「ここまでわかっていながら、私は白雪姫が貧乏性プッチさんを殺した理由が全然わからなかったの。わかったのは、森の中に置き去りにされたいきさつを聞いたときよ。白雪姫は終始嘆いているように見せながら、態度のあちこちにヒルデヒルデさんに対する恨みがにじみ出ていた。私は思った。白雪姫はヒルデヒルデさんにヒントを与えるため、貧乏性プッチさんを殺したんじゃないか――って」

「わからん」紫色の帽子の年老いた小人が白髪をかきむしりました。「わしにわからんということは、この場にいる他の誰もがわからんということだ」

そりゃわからないでしょうね。ヒルデヒルデは心の中で思います。私だって、信じられなかったもの。

「霊感プッチさん」

赤ずきんが声をかけると、鏡を通して何度も見たあのオレンジ色の帽子の陰気な小人が顔をあげました。

「あなたは、白雪姫がこの家に来た日から、ときどき視線を感じていたそうね」

「うん……そこの天井の隅っこから」

「それを誰かに話した？」

「うん。白雪姫には話した。気をつけたほうがいいって」

「ヒルデヒルデさん。視線の主は、あなたでしょ？」

「ええ」ヒルデヒルデはうなずきます。「ボボロのやつが殺さなかった白雪姫がどうなっているのか、この魔法の鏡を通して見ていたわ」

「魔法の鏡の存在を知っている白雪姫は、霊感プッチさんの言葉を聞いて、自分が監視されていることを悟った。そして、自分が見られていることを利用して、ヒルデヒルデさんに復讐する計画を立てた」

何のことかわからないという顔をしている小人たちに、赤ずきんは説明します。

「ヒルデヒルデさんは、人間を殺すと魔法が使えなくなるという運命を持っているの。それを知っている白雪姫は、ボボロさんに自分を殺させることを失敗したヒルデヒルデさんが、次は刺客を仕向けてくるか、他の作戦を練ってくるだろうと思っていた。だから先手を打ってヒントを見せたの。ヒルデヒルデさん、もう正直に答えてくれるでしょう？　貧乏性プッチ――青い小人さんがゴブリンビーンズで死んだのを見たとき、どう思ったの？」

「素晴らしいアイディアが浮かんだと思ったよ」

ため息をつくように、ヒルデヒルデは答えます。

「先に私がゴブリンビーンズの根をこの娘に食べさせておき、そのあと時間をおかず、別の人間に作らせた実入りのクッキーを食わせる。そうすれば、殺したのは後に食わせた者になる。私は直接自分で手を下さずに、白雪姫を亡き者にできる」

なんてひどい……と、小人の一人が言いました。

「ええ、ひどいわね」赤ずきんは同意します。「でも、もっとひどいのはそれを前もって知っていた白雪姫よ。先にヒルデヒルデさんが持ってくるであろう毒入りのものを食べて油断させ、その後で別の誰かが持ってくるであろうものは絶対に食べない。そればかりか、後に持って来られたものを小人さんたちに食べてもらったうえで、先に持って来られたほうも小人さんたちに食べさせようとした」

「なんということだ！」紫色の小人が帽子をとってくしゃくしゃと丸めました。「それじゃあ、わしらは死んでしまう」

「それが白雪姫の目的だもの。それであなたたちが死ねば、先に毒入りのものを持ってきた人——つまり、ヒルデヒルデさんがあなたたちを殺したことになるわ」

「ひどい！　ひどすぎる！　そんなことのために、わしらの命を……」

小人たちは白雪姫を、悪魔を見るような目で見ています。

赤ずきんは、白雪姫のほうを向きました。

「ヒルデヒルデさんは、見事にあなたの作戦にはまった。あのリンゴ売りのおばあさんの正体だって、気づいていたのでしょう？」

「嘘よ、みんな。ひどい……」白雪姫は目に涙を溜め、お得意の同情誘いを始めます。しかしもう誰も、心を動かされる様子はありません。

「どうして。どうして誰も信じてくれないの」

白雪姫が両手で顔を覆います。

「もう無駄よ白雪姫。みんなさっきのあなたの高笑いを見ているわ。手を顔からどけなさい」

赤ずきんが近づき、白雪姫の手首を握った、そのときです。

白雪姫は赤ずきんの手首をぱっと握り返したかと思うと、足を引っかけて赤ずきんを床に転がしました。

「きゃっ！」

テーブルが揺れ、食器やパンが散らばり、ピノキオの顔も床に転がり落ちました。

「邪魔なのよ、あなたは！」

白雪姫は赤ずきんに馬乗りになり、右手でその口をこじ開けようとしているではありませんか！

「口を開けなさい、赤ずきん。あなたも毒リンゴを食べたわよね。このクッキーを食べれば、あなたは、あなたは……！」

さっきまでは哀れみを誘うようにしおらしく涙を浮かべていた彼女の豹変ぶりに、小人たちもボボロもただ呆然としています。近寄ったら殺されそうな雰囲気——。

悪魔だわ。ヒルデヒルデは思いました。魔性の女などという生ぬるいものではありません。白雪姫は、小娘の皮を被った悪魔です！

「ぼ、ぼくは、空を飛べるし地中を自由に動き回ることだってできる」

突然、とぼけた声が聞こえます。床に転がったピノキオの顔でした。

「そればかりか、ぼくは顔だけで地面の下を自由自在に動けるよ。まるでモグラみたいにね」

いったいなんだというのでしょう。こんなときに……と、思っていたら、
にょ〜〜〜〜〜ん。

ピノキオの鼻が勢いよく伸びていき、白雪姫の右目に突き当たりました。

「あいたっ！」

白雪姫は目を押さえ、床に倒れ込みました。赤ずきんは跳ね起き、うずくまっている白雪姫を見下ろします。そして、テーブルの上に散らばったボロのクッキーを一枚、取りました。

「よく見なさい、白雪姫！」

赤ずきんはクッキーを口に放り込み、もぐもぐ食べたのです。

「あ、赤ずきん、何を……」

騒ぎ出す小人たちに向かい、「大丈夫よ」と赤ずきんは舌を出しました。

「ヒルデヒルデさんは、かなり落ちこぼれの魔法使いだわ。毒リンゴの作り方を全然わかっていなかったの」

「えっ？」

白雪姫が目を見張ります。

「それについては、私のほうから説明しましょう」

ヒルデヒルデの手の中で鏡の表面が白くなりました。

「ゴブリンビーンズの根というのは熱を加えると毒性を失ってしまうのだそうです。つまり、鍋の中で煮詰めて作る毒リンゴに、ゴブリンビーンズの根っこは使えないということです」

ヒルデヒルデもこれを聞いたときはショックでした。しかし、ピクルス、ドレッシング、シャーベット……よく考えれば、熱を加えることなく調理できるものばかりです。パイやフリットや焼き菓子には向かない……そういうことだったのです！ 《毒薬術入門》を最後まで読めば、そのことも書いてあったのでしょうが、何せ魔法言葉の解読には骨が折れ……

「自慢じゃないけどね、白雪姫」ヒルデヒルデは複雑な気持ちで、色を失っている義理の娘を見つめます。「私は子どもの頃から、毒薬術は大の苦手科目なんだよ。料理もさ」

赤ずきんがくすりと笑い、続けました。

「現に、さっき毒リンゴを食べたはずのしゃかりきプッチさんと小手先プッチさんだってピンピンしているじゃないの」

「そういえば……」間抜けな顔をして白雪姫は二人を見ます。「わ、私はなんのために……」

「恨むなら、ヒルデヒルデさんの魔法の能力をかいかぶった自分自身の杜撰さを恨むがいいわ」

「うるさいわ！」

赤ずきんを突き飛ばし、白雪姫が台所へ走りました。そして、大きな包丁をこちらに向けたのです。

「何をするんだ、白雪姫？」「はやまるな」「そんなことはやめろ！」

「赤ずきん、教えなさい」

小人たちを無視し、白雪姫は問いました。

「さっきキイチゴを摘みに行くと出ていったときにお義母様とお話ししたのはわかるわ。でも、どうやってお義母様を呼び出したの？」

「これさ」赤ずきんが答えるより先に、ヒルデヒルデはピノキオの腕を取り出して、白雪姫に見せました。それで白雪姫はすべてを察したようです。

「本当に、小賢しいわ。あなたのほうがずっとお義母様の娘にふさわしいじゃない」

「白雪姫、その包丁をこっちに……」「さあ」「さあ」

近づく小人たちに向かい、「道を開けなさい！」と白雪姫はすごみました。純粋さを湛《たた》えていたはずの瞳は今や充血し、雪のような肌も恥辱と怒りで真っ赤でした。人が変わったようなその姿に、小人たちはおののきながら道を開けます。白雪姫は包丁をかざしつつ、ドアの外へ出ていき、振り返りました。

「あなたたちは本当に役に立たない男たち。私は町に出る。私ほどの美貌があれば、寄ってくる男たちはたくさんいるはずよ。きゃは。赤ずきん、あんたみたいなブスにはわからないでしょうね。私みたいな美人は、どこでだって生きていけるの、どこでだって！」

包丁を投げ捨て、暗い森へ走り去っていきます。

「あっ……」

我に返ったボボロが追いかけようとしますが、ヒルデヒルデは「いいわ」と制止しました。

「あの子を追うよりもずっと大事なことがある。国を、立て直さなければね」

12.

小人たちの意気消沈《いきしょうちん》っぷりは見ていられないものでした。あんな可憐な少女が、あんな汚い心の持ち主だったなんて……すべてを見透かしているように思えた霊感プッチですら、壁に向かってぶつぶつ言いながらふさぎ込んでしまったほどでした。

そんな男たちが六人もいる家でぐっすり眠れるわけもなく、赤ずきんとピノキオは、ヒルデヒルデのお城に泊めてもらうことにしました。

お城のベッドはふかふかしていて、それは気持ちよく眠れました。朝になってピノキオと連れだって大広間へ行くと、テーブルにはすでにヒルデヒルデと、ぼんやりした顔の男性が座っていました。魔法の鏡は、二人の背後の壁にかけられています。

「おはよう、赤ずきん、ピノキオ。よく眠れたかい？」

「ええ。彼は誰？」

「うちの馬鹿息子のヴィクトルさ。ヴィクトル、例のものを、ここに置くんだよ」

「うーい」

ヴィクトルがテーブルの下から取り出したそれをみて、赤ずきんは飛び上がりそうになりました。

「ぼくの左腕だ！」

ピノキオが叫ぶと、くいくいとその肘から先が動きました。

「昨日、屋根の雨漏りを直したらよ、オブジェの上に載ってたんだよ。勝手に動くし気持ちわりいから捨てようと思ったけど、一応母さんに相談したら、お前のだって言うじゃないか」

ピノキオが語っていた「くぼみの真ん中に笛くらいの棒が立っている」とは、アプフェル国の紋章をモチーフにしたリンゴのオブジェのことだったようです。

「本当に素晴らしい息子さんだなあ。ヒルデヒルデさん、ヴィクトルさんを育ててくれて、ありがとう」

ピノキオは何の気なしに言ったのでしょうが、ヒルデヒルデには響くところがあったようで、「ああ」と言いながら目頭を押さえました。

「赤ずきん、私は間違っていたんだろうね。自分の息子と同じように愛情をかけてやれば、白雪姫もああいうふうにはならなかったかもしれない」

その声からは反省がうかがえました。

「あの子もこの先、人生のつらさを味わって城に帰ってくるかもしれない。そのときはしっかり受け止めることにするわ」

「しんみりしてばかりもいられません。これをご覧ください」

魔法の鏡が言いました。画面には、草むらが映されていて、何か、丸太のようなものが落ちています。

「あっ！」ピノキオが叫びました。「胴体だよ。ぼくの胴体だよ！」

「昨日から、鏡に命じて探させていたのさ。鏡よ鏡、これはどこだって？」

ヒルデヒルデが訊ねると、鏡はすぐに答えました。

「ここより北東へ四十キロ、ハーメルンの郊外です」

「いいじゃねえか、音楽の町だ」

ヴィクトルはにやりとしますが、ヒルデヒルデの顔は険しくなります。

「そんな暢気《のんき》なことを言ってられないんだよ。鏡よ鏡、これを落とした魔女を映しなさい」

鏡は一瞬白くなったかと思うと、銀色のほうきにまたがった魔女を映し出しました。骸骨のように痩せ細り、目は黄色く光っていて見るからに恐ろしく、右肩に目つきの悪い黒猫、左肩にはいぼだらけのヒキガエルを載せているのでした。その腰に、木の人形の脚が二本、結わえ付けられています。

「ぼくの足だ！」

ピノキオが叫びました。

「やっかいな魔女に盗まれたものだね」

「知り合いなの？」

赤ずきんの問いに、ヒルデヒルデは忌々《いまいま》しそうにうなずきます。

「ヴェラ──マイゼン十九世さ。同じワルプルギイの出身で、子どもの頃はずいぶんいじめられたものだよ。鏡よ鏡、マイゼン十九世はどこに向かっている？」

「ハーメルンよりさらに北に二十キロ、ブッヒブルクです」

「やっぱり。赤ずきん、彼女は生き物を思いのままの姿に変える恐ろしい魔法を使う」

赤ずきんの脳裏に、ミノムシにされてしまった自警団員の姿が浮かびました。

「その魔法を使って、ブッヒブルクの三兄弟とつるんでいるのさ」

「ブッヒブルクの三兄弟？」

そういえば、《親指一座》の座長も同じようなことを言っていたような……

「永遠の命と権力を手にした子豚の三兄弟のことさ。巨悪を相手にすることがわかっていても、あんた、行くのかい？」

「もちろん！」赤ずきんは力強く答えます。「ピノキオの体を集めて、人間の子どもにしなきゃいけないもの」

「……大した子だね、あんたは」

ヒルデヒルデは微笑みました。

「それなら盛大に送り出してやろう。アプフェル王国のリンゴ尽くしの朝ご飯さ！」

ぱん、とヒルデヒルデが手を叩くと、扉が開いて、料理の載ったワゴンが入ってきました。リンゴパンにアップルパイにリンゴの炒め物——次なる旅に向けて、赤ずきんはお腹いっぱい食べたのでした。

第三幕　ハーメルンの最終審判

1.

深い森の道をやっと抜けたらどこまでも広がる草っぱら。大きな川に沿って歩いていますが、行けども行けどもハーメルンの町は見えてきません。

「赤ずきん、退屈だなあ。歌でも歌ってよ」

バスケットの中のピノキオは暢気なものでした。

「うるさいわね。自分で歩きなさいよ」

「無理だよ」

赤ずきんにもわかっていました。なぜって、ピノキオは今のところ、頭と両腕しかないのです。いったいいつになったらピノキオは、自分の足で歩いてくれるようになるのでしょう。

「あれ?」赤ずきんの気も知らないで、ピノキオは目をぱちくりとさせました。「どこかから、草笛の音が聞こえるよ」

ぴぃぃーるる——。

赤ずきんは立ち止まり、きょろきょろしました。すると、道のすぐ脇の岩の陰にうつぶせに寝転がって、草笛を吹いているおじさんがいました。年齢は六十歳くらいでしょうか。髪の毛は一本もなく、丸パンにゴマ粒をつけたような貧相な顔立ち。草の上に広げた帳面と古びた本を交互に眺めていましたが、赤ずきんに気づくと草笛を吹くのをやめ、ひょこりと起き上がりました。

「やあ、何か用かね？」

「ハーメルンっていう町に行きたいんだけど、こっちであってるかしら？」

「フェスかい？」

「フェス？　違うわ。探しものよ」

「そうか。耳をすましてごらん。音楽が聞こえてくるだろう？」

目をつむり、耳をすますと、どこかからにぎやかな音楽が風に乗ってやってきます。

「ハーメルンは音楽の町。市民もよそ者も、四六時中、好きな曲を奏《かな》でている」

「四六時中？　夜中も？」

「そうさ。おまけに明日から年に一度のハーメルン・フェスが始まるもんで、よその町からも音楽好きが大勢押し寄せ、みんな前夜祭気分で大盛り上がりなんだ。おっと。私がここでサボっていることは、内緒にしておいてくれたまえ。虫の羽音とのハーモニーを楽しむには、町はうるさすぎるんだ」

おじさんの顔の周りに、虻《あぶ》が二匹、飛び回っています。おじさんはまた寝転がり、草笛を吹きはじめてしまいました。

音楽が聞こえてくるほうへ川沿いの道を歩いていくと、やがてオレンジ色と緑色のレンガでできた、なんともカラフルな高い壁が見えてきました。周囲から町を守っているように見えますが、門は開いていて、中から楽しそうな音楽が聞こえてきます。

町に入っていくというより、音楽の中に入っていくという感じでした。商店が立ち並ぶ大通り。そこかしこでバイオリンやアコーディオン、ビオラにチェンバロ、ホルンにコルネットにタンバリンにスネアドラム……めいめいの楽器を携《たずさ》えた人たちがメロディーを奏でています。

「楽しい町だねえ。踊りたくなっちゃうよ」

ピノキオは言いますが、赤ずきんは疲れていてそれどころではありません。どこか休めるところはないかしらとよそ見をしながら歩いていたので、道の真ん中にいた人にどすんとぶつかってしまいました。

「きゃっ」

「いてっ、なにすんだ」

眉の太い男の人でした。明らかに酔っ払っていて、顔は真っ赤です。手にはクラリネトゲトゲでなんとも悪趣味なクラリネットを持っていますが、あちこちに鋲《びょう》が取りつけてあり、トゲトゲでなんとも悪趣味な感じでした。男は、赤ずきんを見ると「おやおや」といやらしい目つきになりました。

「こりゃお嬢ちゃん。おいらとセッションしたいんだろう？　一緒にこいよ」

ぐい、とバスケットを持っているほうの赤ずきんの手を握りました。

「やめて！」

とたんにピノキオの両腕が男の手に飛びつき、その手首を締めつけはじめました。

「おお、いたた、なんだ、こいつは！」

男は赤ずきんから手を放し、ピノキオの両腕を地面に振るい落としました。

「赤ずきんに乱暴をしないでよ」

「なんだ？　木の人形がしゃべってるように見えるぞ。……はは あ、こいつめ、魔女だな？」

「違うわ。私は赤ずきん。これはピノキオよ」

「うるせえ。俺は怒りが収まらん。魔女め、こうしてくれるわっ」

男はクラリネットを振り上げます。周囲の人々は演奏をやめてこちらを見ていますが、誰も助けてくれる様子はありません。あわれ、赤ずきんの頭は、トゲトゲのクラリネットによってかち割られてしまうのでしょうか——。

「うおっ！」

男の手に、飛んできた何かがびびんと巻きつきました。クラリネットが落ち、男の右手は吊り上げられます。赤ずきんは這《は》うようにしてピノキオの両腕を回収しました。

「ハーメルン・フェスの前夜に、みっともない真似はやめてもらおう」

人ごみの中から、肩にギターをかけた男の人が現れます。その男の人を一目見て、赤ずきんはびっくりしました。つばの広い黒い帽子を被っているのですが、その下にある顔が、ロバなのです。

酔っ払いの右手に巻きついているのは、ギターの弦《げん》でした。それが、すぐそばの建物の壁から突き出た居酒屋の看板に引っ掛けられ、ロバ男の右手に握られているのです。ロバ男がくいっと弦を引っ張ると、その腕が引き上げられます。

「いててて っ! な、なにものだお前?」

「俺を知らないとはよそ者だな? 貴様みたいな悪漢《ざつおん》はハーメルンの祭典《メロディー》には不似合いだ。さっさと退散《フェイドアウト》しちまいな」

群衆の間からは拍手でも起こりそうな雰囲気でした。ところが突然、ロバ男はよろめきました。酔っ払いが、左手でポケットからナイフを取り出し、弦を切ったのです。

「このやろうめ!」

酔っ払いがロバ男を蹴り飛ばします。と、そのとき、

――ぽこちゃか、ぽこちゃか、がっしゃん。

場違いにも陽気なリズムが赤ずきんの後方から聞こえてきました。振り返ると、犬の顔の被り物をして、胸に鍋やフライパンを括《くく》りつけ、腰にスネアドラムと大きな木の塊をぶら下げた人が、それらを叩きながら赤ずきんのすぐ脇を通り抜けていくのです。興奮してナイフを振り上げる酔っ払いの背後にすばやく回ると、犬男は頭をぽかりとドラムのバチで殴りつけました。

「いてっ!」

酔っ払いは頭を押さえ、犬男を振り返ります。その頭をめがけて、ぽこちゃか、ぽかり。犬男は再びバチを振り下ろしました。

「何をするんだ、こいつ!」

びゅんと飛んでくる腕をひょいと避け、犬男は酔っ払いの頭を正確に殴ります。ロバ男はじゃかじゃんとギターをかき鳴らし、犬男は仕返しとばかりにぱかりと蹴りを入れます。

ぽこちゃか、ぽかり。じゃかじゃか、ぱかり。ぽこちゃかぽこちゃか、ぽかぽかり。

じゃかじゃか、じゃんじゃん、ぱかぱかり。

二人はそれぞれの楽器を演奏しながら、酔っ払いをリズムよく攻撃していきます。

ずんちゃ、ずんちゃ、ずんちゃっちゃ――。

どこからか陽気なメロディーが聞こえてきました。赤ずきんが目線を上げると、すぐ近くの屋根の上で、背の低い男がアコーディオンを弾きながらステップを踏んでいるのでした。彼は、猫の被り物をしていました。

「みゃっはー。何をぼーっとしてるんだみゃ、ハーメルンの市民たち。お前たちの楽器は、ただのアクセサリーかみゃ？」

群衆たちは顔を見合わせ、うなずき合い、それぞれの楽器を、ロバ、犬、猫の音楽に合わせて演奏しはじめます。まさにオーケストラのようでした。

「なんだか、楽しいねえ」

赤ずきんは呆気にとられましたが、ピノキオは楽しそうで、バスケットの中の指はリズムをとっているのでした。

「みゃっはー！」

猫男の叫びとともに、酔っ払いはついにばたりと仰向けに倒れてしまいました。手にナイフはなく、白目を剝き、頭はたんこぶだらけでした。

2.

ハーメルンは自治都市で、七人の評議員からなる「ハーメルン評議会」という組織が法の制定、裁定、執行をすべて取り仕切っているということでした。評議員は市民から広く選ばれるのですが、事実上は世襲制で、ロバ男、犬男、猫男は三人とも二十代にして評議員を務めているそうです。

「へぇー、偉い人たちだったのね」

赤ずきんが目を丸くすると、

「偉いもんか。みんな親父が死んだからその役《ポスト》を受け継いだだけさ。俺とミファンテは三年前。ソランなんてまだ二か月の新米だ」

ドレイツェルと名乗ったロバ男が言いました。ミファンテは犬男、ソランは猫男のことです。

「評議員なんて面倒みゃ。本当は他の町に出てバンドがやりたいんだみゃ」

「バンドならハーメルンでやるのが一番じゃないの？　音楽の町なんでしょ？」

「こんな小さな町！　大舞台といったら、ブレーメンに決まってるみゃ！」

ハーメルンから北西に行ったところにある大都市、ブレーメンはミュージシャンたちの憧《あこが》れなのでした。

「だが評議員をやっていたんじゃ、この町を離れるわけにはいかねえ」

「それに俺たち三人は歌がへたくそみゃ。バンドには本来、上手い歌い手がいなきゃ」

「年に一度のハーメルン・フェスで演奏するのが精いっぱい。せめてもの憧れをこめて、『ブレーメンバンド』と名乗っている。動物の被り物をするのは、ほんの児戯《パフォーマンス》さ」

「ところで、あなたは歌い手さんでしょうか？　見たところ、楽器をお持ちではないようですが」

犬男のミファンテが、丁寧な言葉づかいで訊ねました。

「私たちはフェスが目的でこの町にきたんじゃないのよ」

赤ずきんは、旅の事情を話しました。

「それはそれは、遠いところをよくいらっしゃいました」ミファンテが礼儀正しい、評議員らしいしゃべり方をします。

「おなかがすいていませんか？　それに、泊まるところもないのでは？」

「おなかはすいてるし、泊まるところもないわ」

「明日のフェスに向けて、宿泊施設はどこもいっぱいです。しかし、私どもの知り合いの店なら空いているかもしれません。ご案内しましょうか」

「ありがとう、お願いするわ！」

食べ物も泊まる所も決まるなんて、ラッキーです。

「ねえ……」ピノキオが口を開きました。「ミファンテさん。その腰につけている木の塊なんだけど、どこで見つけたの？」

「これですか？　これは昨日の朝、壁の向こうを散歩しているときに拾ったものです。バチで叩くと、私の追い求めていた音が鳴るので、私の楽器に加えさせていただきました」

ぽこぽことミファンテがその木の塊を叩くと、

「やっぱり！」ピノキオは叫びました。「それ、ぼくの胴体だよ！　さっきから叩かれている感覚があったんだ」

鼻が伸びていないので本当なのでしょう。ラッキーは重なるものです。胴体までこんなに簡単に見つかるとは。

「ミファンテさん、ぼくに返して」

ピノキオが頼みました。ところが、

「それはできかねます」

ミファンテは丁寧な口調できっぱりと断りました。

「返してやれよミファンテ」

「木の塊なら他にもあるみゃ」

「こんなに理想的な音はないのです。絶対にできかねます」

丁寧ながら頑固な人でした。ミファンテはくるりと背中を向け、「できかねますできかねます」と言いながら走りだしました。

赤ずきんたちも追いかけます。三分ほど走って、ミファンテが入っていったのは《プレリュード》という店でした。

「おお、ここだぜ、俺たちの御用達《サンクチュアリ》」

ドレイツェルが看板を指さして言いました。赤ずきんもみんなに続いて入店します。テーブルが十卓ほどの、お世辞にも綺麗とはいえない食堂でした。窓は閉め切られ、照明は壁際に等間隔に設置された蜘蛛《くも》の巣だらけのランプしかなく、まるで洞窟の中でろうそくを灯しているくらいの明るさです。それでも満席状態の客席は盛り上がっています。

店の奥に設えられたステージで、四人のバイオリニストが陽気な曲を奏でているのです。客たちは皆、食事もそこそこに、スプーンやフォークでテーブルを叩いてリズムを取っています。

「あっ！」

赤ずきんはステージを指さしました。ミファンテがよじ登り、バイオリンに合わせてドラムを叩きはじめたのです。飛び入りの打楽器に、客席は大盛り上がりです。

「ああなったら、もうしかたないみゃ」ソランがつぶやきました。「赤ずきん、先に宿泊の手続きをとったほうがいいみゃ」

「いい提案《アイディア》だ。あっちだぜ」

ドレイツェルが指さしたのは、ステージとは逆のほうでした。小さなカウンターがあり、木でできたねずみの置物があります。尻尾は紙のこよりのようなものでできていて、不恰好でした。

カウンターの奥、酒瓶や食材の箱が並ぶ上に大きな水槽があり、小さな魚が三十匹ほど泳いでいます。薄暗い照明の中、これはおしゃれだわと赤ずきんは思いました。

「マーサさん、マーサさんよ」

カウンターの向こうで料理をしている女に、ドレイツェルが呼びかけますと、彼女は顔を上げました。

「ん？ 誰かと思ったら評議員様じゃないかい」

年齢は五十歳くらいでしょうか。ひどいだみ声でした。

「よせよ。今日は旅の女の子を一人連れてきたんだ。今夜泊まるところを探しているそうだが、今からじゃどこの宿もない。ここの屋根裏部屋、空いてるだろう？」

ドレイツェルの話す事情を聞きながら、マーサは目を細めて赤ずきんの顔をじろじろ見ていましたが、

「なにもこんなときにねえ」

とため息をつきました。こんな忙しいときに、という意味でしょう。

「お願いします。お掃除でもお皿洗いでもなんでもするわ」

断られては大変と、赤ずきんは必死で頼みました。

「屋根裏部屋には先客がいるよ。相部屋でもいいというなら泊めてやるけどね」

「もちろんいいわ」

「それなら、こっちへ来な。おいドレイツェル、三番テーブルにビールを三杯、持っていっといてくれ。ソランは七番テーブルにナッツを二人前だよ」

「やれやれ、人使いの荒い女主人だ」

ドレイツェルとソランは揃って苦笑いをしました。

マーサに連れられ厨房の奥へ行くと、野菜の入った籠《かご》と、人が一人入れるくらいの大きなワイン樽の間に、上へ続く急な階段がありました。

「そのワイン樽に触るんじゃないよ。熟成している最中だからね」

マーサは吐き捨てるように言うと、階段を上っていきます。赤ずきんは後についていきながら質問をしました。

「マーサさん、お店はお一人で？」

「あたしゃ五十一のこの年までずっと一人だよ」

余計なことを聞いたかもしれないと赤ずきんは思いましたが、マーサの口のほうが止まりませんでした。

「あんたよりずっと小さい頃に天涯孤独になってね、ブレーメンの料理屋に転がり込んで必死に料理の腕を磨いたのさ。十九でハーメルンにやってきてこの店を開き、懸命に生きてきた」

「あんたみたいに小さい女の子が旅をしているのを見ると、応援したくなるよ」

「ねえ赤ずきん、ぼくの胴体を取り返してきてよ！」

バスケットの中のピノキオが、急に怒った口調で言いました。

「ピノキオ、黙ってて」

「今すぐ、今すぐ、今すぐだよっ」

「気味の悪い人形だね」

マーサは奇妙な感じで笑っています。

三階に着きました。左右に客室が三つずつ並ぶ廊下の奥に、心細いくらいに粗末なはしごがあり、天井の穴へと通じています。マーサは先に上るように赤ずきんに言いました。

そこは、ランプ一つきりの薄暗い空間で、誰もいませんでした。クッションが五つあり、並べてればベッドの代わりになりそうです。

「快適に過ごせそうだわ、ありがとうマーサさん。でも、相部屋だって言っていなかった？」

「相部屋だよ。その娘とな」

「その娘？」

「そうだったの……」

目を凝《こ》らしてもう一度部屋の中を見回します。そして——ぎょっとしました。ランプの光がかすかに届く部屋の隅に、膝を抱えているやせ細った白い服の女性がいるのです。何も言わずじっと赤ずきんを見つめるその目は落ちくぼんで、頬はこけてまるで幽霊のように生気《せいき》がないのでした。

3.

ステージ上ではチェンバロ奏者が軽快な音楽を奏でており、それに合わせるように三人の子どもがカスタネットやタンバリンを叩いています。

「そもそもハーメルンは、千年ほど前に作られた職人の町です」

テーブルをはさんで向かい側に座っているのは、ミファンテです。犬の被り物は壁際の木箱の上に置かれていました。ロバと猫の被り物も並べてあります。

「二百年ほど前、周囲で戦争が始まったことがきっかけとなって、町を守るために周囲を防壁で囲い、北と南の門には防御施設も作られました。その戦争が終結し、平和が訪れたのは百年ほど前。以降は楽器職人の町として知られています」

退屈だわ、とようやくありつけたサンドイッチをかじりながら赤ずきんは思いました。今の今まで二時間ほど、赤ずきんはグラスを洗い続けており、ようやく休憩をもらえたのでした。ブレーメンバンドが囲んでいるテーブルに同席し、ピノキオの胴体についてミファンテと交渉しようとしたのですが、ミファンテは「ハーメルン・フェスの由来について知りたくないですか」と話をはぐらかし、なぜかハーメルンの歴史から話しはじめたのでした。

「おいミファンテ、さっさと話を進めろよ」

ドレイツェルはイライラしていました。

「俺が代わりに話すみゃ」

ビールを飲んでいるソランが言います。猫の被り物を脱いだその顔は、目が小さくて鼻が尖っていて、猫というよりはモグラに似ていました。

「今から四十五年前、ハーメルンに大量にねずみが発生したんだみゃ」

むくれるミファンテには悪いですが、赤ずきんはここで、少し興味が湧いてきました。

「食料はみんな食われちまい、ハーメルンじゅうの弦楽器の弦、打楽器の皮もみんなかじられて台無し、木管楽器なんて全滅だみゃ」

「ひどいわ。どうしようもないじゃない」

「そう。どうしようもないみゃ。しかし、絶望に打ちひしがれたハーメルン市民の前に、ある日、一人の男が現れたみゃ。赤と緑の派手なチェックの服を身にまとい、口元もチェックのマスクで覆い、フルートを携えていたその男は、当時のハーメルン評議会議長の前に出て言ったんだみゃ」

「『私に五千ペルクの金貨をくれるなら、ハーメルンからねずみを一掃してみせましょう』」

このセリフだけは――といったように、ミファンテが口を挟みます。

「五千ペルクっていったらすげえ額だみゃ。軍艦が一隻買えちまう」

「議長は男に約束しました」

ミファンテが早口で言いました。

「『ねずみを追い払ってくれるなら、その額を払おう』と。男はにこりと微笑むと、町の外に消えました。その晩のことです。防壁の外から軽快なフルートの音が聞こえてきました。すると、町の建物という建物からねずみが出てきて、防壁を駆け上って町の外へ出ていくのです。追いかけた村人によれば、ヴェーザー川の向こう岸から曲が流れていたそうで、その曲に導かれるようにねずみどもは川に入っていき――」

じゃかじゃん。ドレイツェルのギターです。

「ねずみは泳げねえ。溺死《アーメン》だ」

「川に入ったねずみはどんどん流されていき、とうとうハーメルンから一匹残らずねずみは消えました」

「すごいわ」

赤ずきんは言いました。しかし、三人の顔は明るくありません。

「問題はそのあとだみゃ。ハーメルン評議会は笛吹き男に報酬を払うかどうか、改めて市民の投票で決めると言い出したんだみゃ。こういう重要なことは市民の投票で決めてきたが、こりゃ明らかにケチな理由だみゃ。部外者に町の金を持っていかれるのを市民たちが嫌がり、『払わない』が多数となって約束はパー。すると笛吹き男は言ったんだみゃ」

「『それなら〝呪いの曲〟を吹いて、みなさんのいちばんの宝物をもらいます』」

ミファンテの顔に、笛吹き男の怒りが重なりました。

「その夜、市民が寝静まったあとで、町の外からフルートの音が聞こえてきました。すると、家という家から、目を覚ました子どもたちがふらふらと出てきたのです。彼らは笛吹き男の奏でる曲に誘われるように、町を囲む防壁の門から外へと出ていきました」

じゃじゃらん、とドレイツェルがギターで伴奏します。

「次の日の朝、わが子の姿が見えなくなった大人たちは、笛吹き男の呪いだと言って慌《あわ》てて子どもたちを探しましたが、どこにもいませんでした。笛吹き男に連れ去られてしまったことを悟った大人たちは、嘆き、悲しみ、憤り、必死になって笛吹き男の行方を捜索し、ついに男の身柄を遠く離れたリューベックという町で拘束しました」

じゃかじゃかじゃかとギターをかき鳴らすドレイツェルの横で、ミファンテがセリフに力を込めます。

「子どもたちはどこだみゃ?」

「『さあ、わかりませんね』」

ミファンテはすっかり、笛吹き男の役でした。

「『森の奥深くまで誘い出したところで笛を吹くのをやめると、子どもたちは我に返って泣き叫びました。自力で森を脱出しようと試みた子もいたかもしれませんが、あの森は深い。きっとみんな、オオカミの餌食になってしまったのでしょう――』」

「ひでえやろうだみゃ!」

ソランがずんちゃずんちゃとアコーディオンをでたらめに弾きます。

「とっちめちまえ、そんな笛吹き男!」

「市民はもちろん、笛吹き男をとっちめました」あくまで冷静に、ミファンテは続けました。「ハーメルン自治法では死刑が禁じられているため、評議会は彼に終身刑を言い渡しました。戦争が行われなくなって以来放っておかれていた、防壁の北門の上に設置された防御施設に檻《おり》を設置し、牢獄として使うことになったのです。笛吹き男はそこに、四十五年経った今でも収監されています」

「今でも?」

赤ずきんは思わず訊き返しました。

「ええ。牢に収容するとき、評議会は笛吹き男に一本のマンドリンを渡しました。生きている限り、毎晩これを弾き続けよと命じて」

「どうしてそんなことを？」

「残りの生涯、牢から出られない男へのせめてもの施しでしょう」

「でも男が呪いの曲をまた弾いてしまったらどうするの？　ねずみや子どもじゃない誰かが、誘い出されてしまうかもしれないわ」

「だからフルートではなくマンドリンだったんだろう」ドレイツェルが言いました。

「笛の音は危険《ヘイトフル》だが、弦楽器なら大丈夫《オーライ》。ハーメルンらしい審判《ジャッジメント》さ。実際、やつのマンドリンの腕はたしかだ。最近二か月ばかりは元気がないが、かつては毎日、違う曲調の曲を弾いていた」

　ミファンテがその先を続けました。

「赤ずきんさんの言うとおり、この一件以来、ハーメルンの市民が夜の笛の音を異様に恐れるようになったのも事実です。笛吹き男は幽閉されましたが、ねずみや子どもを誘い出したあの呪いの曲はいまだにどこかに存在します。第二の笛吹き男が現れる可能性がなくはない。そこでハーメルンの市民はこう考えました。四六時中、町中に音楽が流れていたら、呪いの曲など紛れてしまって耳に届かないだろう」

なんて突拍子もない発想でしょう。さすが楽器職人の町です。

「いわばハーメルンは、音楽の防壁に守られているのです。おかげで今では年に一度のフェスまで開かれるほどになりました」

ミファンテは長い話を終え、水を一口飲みました。

「しかし、ここ最近、笛吹き男の呪いが遅れてやってきたというやつもいるみゃ」

ソランが肩をすくめます。

「笛吹き男の一件のあと、ハーメルンの市民は再び頑張って子どもを増やしたみゃ。まあ、俺たちの生まれた前後十五年くらいがその時期だみゃ。だが最近はどうみゃ。子どもがすっかり生まれなくて、今、町にいる子どもはあの三人だけだみゃ」

ステージの上でカスタネットを叩いている男の子二人と女の子一人。女の子は三歳くらいでしょうか。二人のお兄さんより叩くタイミングが遅く、それがまた可愛らしいのでした。

「呪いのせいにするんじゃないよっ！」

マーサが赤い液体の入ったグラスを三人分、テーブルに置きます。

「あんたがたの世代が、結婚もしないで好きなことをやり続けてるせいだろうがね」

「あんたが言うなみゃ」

「なに、この飲み物は？」

赤ずきんは訊ねます。

「爆弾カクテルさ。赤ずきん、君には刺激が強すぎる」

ドレイツェルが答える横で、ソランがさっそくぐびりとあおり、

「みゃはーっ。三オクターブ跳ね上がるぅー！」

と身をよじらせます。

「火薬が入っているのです。アルコールに入れると刺激物になるんですよ。平和が訪れて以来、ハーメルン自治法では火薬の持ち込みは禁止されていますが、この《プレリュード》だけ例外的に、食品として外部から火薬を購入することを許可されているのです」

「この店は親父たちの代から、評議員《サンクチュアリ》たちの御用達だからな。しかし、こんな奇天烈《きてれつ》なカクテルを出すくせに、なぜワインをメニューに加えないのかが不思議だ」

奥にワイン樽がなかったかしら。赤ずきんは思いましたが、その疑問を吹き飛ばすように、「ふん」とマーサは鼻で笑いました。

「ワインは熟成中なんだよ。いっちょまえに酒について語るじゃないか、ドレイツェル。親父さんに連れられてやってきて、まさにその席でおもらしして泣いていたあんたがね」

「そんなガキの頃のことを言うなよ。それに、俺たちは親父の代より真面目にやってる。親父の頃はうちのダイニングで週一回、夜に評議会を開いていたが、七人の評議員のう

ち誰か一人は必ず欠席していたもんさ」

「あんたらの親父さんたちは、いい加減でものぐさだったからね」

マーサはだみ声で笑います。

「こんな憎まれ口を叩かれながらも、先代の評議員はみんな、マーサおばさんを信用していたみゃ。うちの親父なんて、死ぬ二か月前に相談があるって一人でこの店に行ったみゃ」

「ああ、シャプナーさんだね」

「あんとき、親父、何を話したみゃ？」

「そりゃ言えないね。シャプナーさんが地獄で恥ずかしがるさ」

がっはははとマーサが笑ったそのとき、ばたんと店の出入り口のドアが開きました。

「お前たちっ！」

薄汚れた服に身を包んだ三十歳くらいの女性が、悪魔のような形相でステージを睨みつけています。三人の子どもたちはカスタネットを叩く手を止め、固まっています。

ソランが赤ずきんの耳に口を近づけ、声を潜《ひそ》めます。

「あの子たちの母親のロゼッタみゃ。木琴職人の旦那が死んでから女手一つで子育てに奮闘してるが、最近は育児に仕事にかなり疲れていて、怒りっぽいみゃ」

「何をこんなところで遊んでるんだ！　水汲みはどうした？　掃除は？　薪《まき》割りは？」

「ロゼッタ、何もそんなに怒鳴りつけなくても……」

たしなめるマーサを突き飛ばし、ロゼッタはステージに上がると、下の二人の子の襟をつかみ、長男の尻を蹴とばします。

「行くよっ！」

わーんと泣き出す三人の子どもたち。ずいぶんと乱暴な母親がいるものだわ。赤ずきんは連れていかれる子どもたちを気の毒に思いながら、見送ったのです。

4.

明日のリハーサルがあるからとブレーメンバンドが店を去った後、お店は本格的に忙しくなってきて、赤ずきんは料理やお酒を運んだり皿を片付けたりと、まるで冬支度をするリスのように駆けずり回って働きました。

「ああ、疲れた……いったいいつまで働けばいいのかしら」

愚痴を言いながらお客さんが食べ終わったお皿をカウンターに置いたそのとき、よろけて、何かを落としてしまいました。それはあの、木製のねずみの置物でした。

「あれ？」

ねずみは床に落ちず、ぶらーんとぶら下がっています。ねずみのお腹の真ん中から、尻尾の部分と同じこより紐が出ていて、カウンターをまたいで厨房の中へ延びているのでした。赤ずきんは厨房の中へ入り、そのこより紐をたどっていきます。紐は階段のそばまで続いていて、熟成中のワイン樽と床のあいだに挟まっていました。

「何かしら？」

「おい、赤ずきん、何やってるんだい！」

マーサの怒鳴り声に慌ててカウンターに戻ります。ねずみの置物はマーサの手によってカウンターの上に戻されていました。

「仕事は山ほどあるんだよ。五番テーブルにビールを二杯だ」

「わかったわ」

赤ずきんがその注文を用意しはじめたそのとき、ドアが開きました。

「やーほほほ」「やーほほほ」

陽気な声を上げて入ってきたのは、ひげを生やしたおじさんの二人組でした。二人とも、豚の絵が描かれた大きな箱を背負っています。

「マーサさん、久しぶりだね」

「おや、ティモシーと弟子じゃないか。もうそんな時間かね」

「そうさ、そろそろ予約した八時半だ。マーサさん、ステージのほうは大丈夫だろうね？」

「ああ。ほら、ちょうど前のバンドの演奏が終わったところだよ。使ってくれ」

「それじゃあ、お言葉に甘えて」

ステージに上がって箱の中から彼らが取り出したのは、人形劇の舞台のようでした。

その様子を見ている赤ずきんの背中を、マーサがつんつんと突《つつ》きます。

「いつもはもう店じまいをしている時間だからね、眠くなってきちまったよ。赤ずきん、あいつら、今から人形劇を一時間ばかりやるそうだからね、私は家に戻って少し眠ってくる。店のほうは頼んだよ。酒の出し方はだいたいわかったろう？　料理はオーダーストップでいい」

「え、ええ？」

今日初めて訪れた店の店番なんて——と思っていると、ステージの上で、ぶんちゃぶんちゃと陽気な音楽が聞こえてきます。二人組のおじさんの一人が、ソランのものよりも小さなアコーディオンを弾いているのでした。もう一人のおじさんは台の向こうに隠れ、豚の人形を操っています。

ブー・ピー、ブー・ピー、怖くない
狼なんて怖くない
ブー・ピー、ブー・ピー、ぼくたちは

勇気と知恵ある子豚たち
ブー・ピー、ブー・ピー、知りたいだろう？
ブッヒブルクの成り立ちを！

ブッヒブルク？　ピノキオの足を持っている魔女が目指しているという町の名です。その町についての情報が得られるのなら、この人形劇、観ておかなければなりません。

「それじゃ、頼んだよ」

店を出ていくマーサを見送り、赤ずきんはステージに注目します。

やがて始まった人形劇に、一時間があっという間に過ぎました。

三匹の子豚……なんとしたたかで強欲で、やり手なのでしょう。魔女をあんなふうに使うなんて。人間をあんなふうにしてしまうなんて――。子豚たちが支配する町、ブッヒブルクとは恐ろしいところのようです。ピノキオの足を取り戻すためとはいえ、そんな町に行っても大丈夫でしょうか。

「ご苦労さんだったね」

いつの間に帰ってきたのか、後ろにマーサが立っていました。

「一時間でも眠ると、だいぶ気分がすっきりするもんだ。これで深夜まで頑張れるよ」

マーサはパンとサラダ、スープを二人分、トレイに載せ、赤ずきんに渡します。

「今度はあんたが休憩を取ってくるがいい。きっかり一時間だよ。相部屋の陰気な娘にも夕食を持っていっておくれ」

「わかったわ」

疲労を抱えながら、赤ずきんは階段を上っていきます。こんなに働いたのは初めてかもしれません。しかし考えてみれば、食べるために働くというのは当たり前のことなのです。今までの旅では、優しい人から施しを受けどおしでした。いい経験だと思うようにしましょうと自分に言い聞かせ、赤ずきんは屋根裏部屋に戻りました。

ランプの薄明りの下では、やはり白い服の陰気な女の子がじっと座っており、その前でピノキオが気まずそうにしていたのでした。

「あ、赤ずきん、帰ってきた！」

ピノキオが嬉しそうな顔をします。

「もう終わったの、仕事？」

「終わってないわよ」

二人分の料理が載ったトレイを、テーブル代わりの木箱に置きながら、赤ずきんはため息をつきます。

「一時間経ったらまた戻るの。いつもは八時に店を閉めるのに、フェスの前日だからって夜中まで店を開けるんですって。本当にマーサさんは人使いが荒いわ。ええと、シドレーヌさんだっけ。これ、私とあなたの夕食よ」

相変わらず膝を抱えたままの白い服の女性は赤ずきんのほうを見ましたが、何も言わず目を伏せます。顔色は悪く、唇はかさかさです。

「ハーメルンの人じゃないそうね。どこから来たの？」

シドレーヌは何も答えません。

「だめだよ赤ずきん。この人、何を訊いても、ぜんぜん答えてくれないんだ。ねえ、ぼくも下に連れていってくれないかな」

「いても邪魔しかできないでしょ」

嘘をついたら鼻が伸びるだけの人形の顔なんて、厨房でもホールでも役に立つはずありません。

「でもこの人といると、息が詰まるんだよ」

「息なんてしないくせに」

赤ずきんが言ったそのとき、シドレーヌがすばやくトレイからパンを取り、がつがつと食べはじめました。赤ずきんとピノキオは目を見張りました。

「……おなか、すいてたのね」

自分の分まで取られてしまっては大変と、赤ずきんは急いで自分のパンを取り、食べながらピノキオにさっき見た人形劇の報告をします。そして三十分ばかり話したところで、なんだか外が騒がしいのに気づきました。

小さな窓があったので開けて見ると、すぐ下の道で被り物をしていないドレイツェルとミファンテが何か話をしています。

「二人とも、どうしたの？」

声をかけると、二人は赤ずきんを見上げました。

「おお、赤ずきんか！　外に出てきちゃいけない。今ハーメルン警察から連絡が入った」

「笛吹き男が、北門の牢獄から脱獄したそうです」

「それだけじゃない。牢の前には牢番の死体があった。やつは、殺人を犯してしまった！」

「なんですって？」

赤ずきんは飛び上がりそうになりました。

「また死体？」部屋の中でピノキオが呆れました。「赤ずきん、君は行くんだろうなあ。だってこういうの、得意だから」

「『こういうの』って言わないの！」

しかし、赤ずきんの頭の中に、瞬時にある作戦が浮かびました。赤ずきんは食べかけのパンを口に押し込むと、

「あなたも行くのよ」

ピノキオの頭と両腕の入ったバスケットを持ち、屋根裏部屋から下りていきました。

そして厨房でソーセージを焼いているマーサに、「ごめんなさい。ちょっと出かけてきます」と言い残し、店を飛び出します。ドレイツェルとミファンテはまだそこにいました。

「赤ずきん、出てくるなと言っただろ」

ドレイツェルが目を吊り上げました。

「ハーメルン警察と協力し、我々評議員も脱獄した笛吹き男の行方を追っているところなんだ。まあ、ソランは酔っ払って家に帰って寝てしまったが」

「牢獄は北門の上だといったわね？」

赤ずきんは訊きました。

「そうだが……」とドレイツェルが答えているそばから、赤ずきんは北へ向けて走り出します。

「ちょっと待て、赤ずきん！」

思った通り、二人はついてきました。

小さな町ですので、北門にはすぐに着きました。門のすぐ脇に上への階段があるようですが、頑丈な格子の戸で閉ざされ、明らかに警察官とわかる制服を着た男性が立って見張りをしています。

「おい、赤ずきん……」

「どういうつもりです、急に駆け出すなんて……」

あとからやってきたドレイツェルとミファンテは息を切らしています。赤ずきんは二人に向かって、人差し指を立てて見せました。

「私に中を調べさせてくれないかしら。笛吹き男がどうやって逃げ出して、どこにいるのか、その謎を解いてみせるわ。その代わり――」人差し指をミファンテの腰に向けます。「私が笛吹き男さんを見つけたら、ピノキオの胴体を返してちょうだい」

はっ、とバスケットの中で声がしました。

「ブラボー！　ナイスアイディアだよ、赤ずきん！」

顔が喜び、両腕が拍手をします。

「ロバさん犬さん、ぼくも賛成するよ。赤ずきんはこういうのだけは本当に得意なんだ」

「何を言っているんだ。よそ者を、殺人の現場に入れるわけにはいかないだろう」

「私は死体には慣れているわ。今までもいくつかそういう場に居合わせたことがあるのよ」

「それが本当だとしてもだな……」

「いいだろう！」

やけに元気な声がしました。振り返るとそこに、見覚えのある顔——丸パンにゴマ粒をつけたような顔があったのです。

「あなたは昼間の草笛おじさんじゃないの」

赤ずきんが言う横で、ドレイツェルとミファンテが揃って姿勢を正しました。

「ヘス議長！　こちらへおいでですか！」

「おいでも何も、ハーメルン警察に通報したのは私だぞい」

「なんと！」

恐縮する二人から、赤ずきんは草笛おじさんに視線を移しました。

「おじさん、ハーメルン評議会の議長だったの？　この町で一番偉い人？」

「偉くなんかない。三十年前に親父が死んだから自動的に議長になっただけだ。本当は草笛を吹きながら、歴史について調べて生きていたいんだぞい」

どうも評議会の面々は、みんな似たようなことを言います。

「おじさんが通報したってどういうこと？」

「ヘスと呼んでくれ。私はいつも夜にこの北門の外へ出て、笛吹き男の弾くマンドリンの曲を聞くんだ。牢につながれた男の音楽というのは、哀愁があっていいんだぞい。毎日曲調も変わるから飽きんしな。ところが、いつもは九時をすぎたら演奏を始めるあいつが、今夜に限って九時半をすぎても演奏せん。何かあったんじゃなかろうかと町へ戻りあの扉を調べたら、施錠が解かれておった」

指さしたのは、見張りの男が立っている格子の戸です。

「何かあったのかと思って牢まで上がっていったら、牢番が倒れとった。頭から血を流し、息はしておらず、腰から鍵束が盗まれておった。それで、通報したんだ」

「そうでしたか」

「ときに、ドレイツェルにミファンテ。私はこの子に捜査権を与えようと思うぞい」

「な、なぜです」

「私の友にエイミーというテントウムシがおってな。普段はどこぞの森のオオカミの助手のようなことをやっとるらしいが、たまに飛んで来て、面白い話をしてくれるんだ。ずばずば推理しながら旅をする頭脳明晰な赤いずきんの女の子とは、君のことだろう？」

「エイミーを知ってるの？」

「おお。もう三年来の友じゃ」

赤ずきんは興奮しました。人の言葉を理解するその不思議なテントウムシには以前、大いに助けられたことがあるのです。

「とにかくドレイツェルにミファンテよ、この子に牢獄を見せるぞい。わしが一緒についていくからいいんだ。そうだ、お前らも来い。ランプはたくさんあったほうが明るいから」

「はいっ」「はいっ」

ランプが三つあってもかなり暗い螺旋《らせん》階段でしたが、階上に着くと、外の音楽が意外とよく聞こえてくることがわかりました。北側の壁に縦に細長い窓がたくさんあいているのです。幅は握りこぶしほどですが、縦の長さは五十センチくらいあります。

「ずいぶん細長い窓だね」

ピノキオが言うと、

「これは窓じゃない。矢狭間《やざま》だぞい」ヘス議長が答えました。「ここはもともと、防壁に設置された防御施設だからな、敵に攻められたときに射手たちがここから矢を放つようにできている。そのための穴なんだ。……いやそんなことより赤ずきん、早いところ、死体を検《あらた》めたらどうだね」

死体は、階段からすぐのところにうつ伏せに倒れていました。ヘス議長が近づけたランプの灯りにより、死体は白髪も薄くなった、七十歳に近いくらいの老人だとわかりました。後頭部に出血の跡がありましたが、遺体のそばにはマンドリンが落ちていて、フレットの部分に血がべっとりとついているのが見えます。

「マンドリンで人が死ぬかしら」

「現に死んでおる。この牢番はじいさんだから、心臓が弱っとったんだろう」

「そもそもこんなおじいさんに牢番が務まるの？」

「牢番と言っても、朝の九時と夕方の六時、日に二回、食事を届けるだけの役目さ」

ドレイツェルが言いました。

「それ以外の時間は、普通は誰もここにはこない。堅固な檻があるからな」

ヘス議長は階段と反対のほうをランプで照らします。赤ずきんはそちらを見て、仰天しました。

天井から床まで、びっしりと管楽器で埋め尽くされているのです。ホルン、トロンボーン、トランペット、コルネット……赤ずきんの知らない楽器もたくさんありますが、それらが複雑に絡《から》み合った状態で空間を隔てているのでした。檻というよりも、「管楽器の壁」といったほうが正しいくらいです。

ただ、右側の下のほう、トロンボーンの管とそれに絡み合った別のトロンボーンの管が不自然にぐにゃりと曲げられており、細い人間なら通り抜けできるくらいの穴が開いていました。

「これらはかつて、ごみ溜め場に山のように積まれていた音の出なくなった管楽器です」

ミファンテが説明します。

「四十五年前、笛吹き男に終身刑の審判が下され、ここを牢獄にすることが決まったとき、音の出なくなった管楽器を再利用しようということになりました。評議会がブレーメンから腕の立つ職人を呼んで、こんな檻を作り上げたのです。牢獄の檻まで楽器とは、ハーメルンらしいといえるでしょう」

「ほほう。よく勉強しとるな、ミファンテ」ヘス議長が感心しました。

「恐縮です」

「あの穴は？」

赤ずきんは、トロンボーンがぐにゃりと曲がってできた穴を指さしました。

「もともと、トロンボーンのスライドを利用した、食事を与えるための穴があったはずだが、こんなに広くなかったぞい」

ヘス議長はランプを持ってその穴に近づき、赤ずきんを手招きします。

「煤《すす》がついとるだろ」

しゃがみ込んで観察すると、たしかにひしゃげたトロンボーンとトランペットが置かれた部分に煤がついています。

「笛吹き男のやつ、たいまつで熱を加えて曲げたのかもしらん」

「誰が差し入れるのよ、たいまつなんて。まさか、死んだ牢番さんじゃないでしょ？」

「この牢獄は、夜間の明かりはランプだけと決まっておる。牢番が持ち込んだとは考えにくいぞい。可能性があるとすれば、外からだろうな。檻の内側の壁にも、矢狭間は二か所、あいとる」

「ふーん……ちょっと、牢の中を見てきてもいい？」

ヘス議長がうなずきましたので、赤ずきんは這いつくばり、その穴からずりずりと管楽器の檻の中へ入っていきました。

牛が一頭入ったら、もうそれだけで息苦しくなってしまうくらいの広さでした。ランプの灯りが、管楽器の一部に当たってぴかりぴかりと光ります。牢の外から照らしたときはこんなにまぶしくなかったのにと思いながら床を観察すると、一隅に、こぶしが入るくらいの穴がありました。覗くと、はるか下に水が流れているのが見えました。

「この穴はトイレかしら」

「そうだ」

ここからたいまつを差し入れるのは無理ねと、北側に二つあいた矢狭間に向かいます。背伸びをしてそのうちのひとつから外を見ました。星空の下、ゆったりとした川の流れの向こうに暗い森が広がっています。

赤ずきんは目を閉じ、じっと考えました。フェス前夜の音楽が漏れ聞こえますが、当然、町の外からは何の音も聞こえてきません。防壁の向こうは、静寂……笛吹き男がこの牢から出る方法は……

「わかったわ」

目を開け、振り返りました。管楽器の檻の向こうの三人の表情は見えません。

「笛吹き男はやっぱり外から、ここにたいまつを差し入れてもらったのよ」

「四十五年も閉じ込められているんだぜ？　協力者がいたのかよ？」

檻の外からドレイツェルが訊きました。

「いたわ。ねずみよ」

「ねずみだって？」

三人が驚愕の声を上げました。

「笛吹き男が四十五年前に奏でた曲は、ねずみを誘うだけではなく自由に操れる力があったんじゃないかしら。だとしたら、たいまつとマッチを運び入れさせることだってできる。ねずみなら、壁を上ってくることも、この矢狭間を通り抜けることもできるもの」

「音楽はどうするんだ」ドレイツェルが訊ねます。

「マンドリンがあるわ。きっとその曲は、演奏する楽器は関係ないのよ。ハーメルンでは四六時中、誰かが音楽を奏でている。笛吹き男はハーメルンの人たちに気づかれずに、外のねずみに向けて、音楽を奏でることができたというわけ」

「賛同しかねますね」ミファンテの声が聞こえました。「四十五年前からこちら、ハーメルンでねずみは目撃されていないはずです。私も、生まれてこの方、ねずみという生き物を見たことがありません」

「町の外にはいるんじゃないのかしら」

「この付近のねずみは四十五年前にみんな、ヴェーザー川で溺れて死んだかと」

「まあまあ」ヘス議長がなだめました。「それならここでねずみを誘う曲を奏でてみりゃいいんだぞい。マンドリンじゃなく、四十五年前にヘルムートがしたように、フルートでな」

赤ずきんはきょとんとしました。

何を言っているの？ヘルムートって誰？

「議長、何を……」ドレイツェルの戸惑いの声とともに、管楽器の檻の向こうから、軽快なフルートの音が聞こえてきました。

5.

「やあやあ、すまなかった」

北門の牢獄から歩いて数分の距離、教会前広場の野外ステージに面したオープンカフェでヘス議長は謝りました。謝っていながら、上機嫌でソーセージをほおばっています。

夜の十一時をすぎたというのに、広場はあちこちに設置されたランプでまるで昼間のように明るく、そこかしこで楽器を演奏している人たちがいます。

「今年一番の衝撃《ショック》だ」「驚きました」

ドレイツェルとミファンテは目を皿のようにして、古びた楽譜を眺めています。

「ヘス議長が笛吹き男について調査をしているのは存じ上げていましたが、まさかここまでとは――」

その楽譜には、《ねずみを誘う曲》というタイトルがありました。

ヘス議長が父親の死を受けて評議会議長に就任したのは今から三十年前、三十三歳のときだそうです。それまでは、ここから南東に数キロ行ったところにあるボッティンゲンという町の大学で歴史学を学んでいたのですが、二十九歳のある日、大学史を紐解いているときに、かつて大学を放校になったヘルムートという学生についての記録が目に留まったそうです。

「もともとヘルムートは不良学生で、十八歳の時に人妻を妊娠させる騒動を起こしたそうだ。その問題はなんとか解決したが、その後フルートに夢中になって学業をおろそかにし、二十四歳になっても一年次の内容を修了できておらんかった。教授に呼び出されて注意されると、逆に教授を罵倒した。それで怒った教授に鉄の棒で顔面を殴られ、顎と唇を縫う大けがを負い、それがきっかけでボッティンゲンを退学したのだそうだぞい」

「すごい話ね……」赤ずきんは唖然とします。

「ああ。だが私にとって重要なことは、その退学の時期だ。なんと、ハーメルンに笛吹き男が現れるわずか二週間前の話なんだ。しかもヘルムートは、赤と緑のチェックのマントを好んで着ていたと記録されとる。ハーメルンに笛吹き男が現れたとき、十八歳だったわしもその姿を遠くから見たが、やつがまとっていたマントの赤と緑は、鮮明にこの目に焼きついて離れん」

「じゃあ、そのヘルムートという人が笛吹き男だったっていうこと？」

「私はそう信じて独自に調査を進めた。評議会議長に就任してからも、ひまを見つけてはボッティンゲンに足を運んで文献調査や証人捜しをしたんだぞい」

ハーメルン市民の血が騒いだとヘス議長は言いました。

「牢獄に収監されとる笛吹き男は原則、面会禁止だ。だが私は評議員権限を使って何度も会いに行った。あやつは管楽器の檻の向こうで、赤と緑のチェックのマントを頭から被ってマンドリンを弾くばかり。何も答えてくれんかった」

「ハーメルンの市民を相当恨んでいるのでしょうね」

ミファンテが言いました。

「そりゃそうじゃろう。だが私はめげなかった。生涯の研究テーマとして調べを続け、ついに昨年、ボッティンゲン大学の地下書庫で、これを手に入れたんだぞい」

ヘス議長はソーセージを食べてしまった後のフォークで、《ねずみを誘う曲》の楽譜を示します。

「同じ棚に目録があってな、《蜘蛛を誘う曲》《からすを誘う曲》《子どもを誘う曲》というタイトルも見つかった。残念ながら、楽譜の現物はこれしか見つからなかったがな」

「本当にこれ、本物なのかなあ」

ピノキオが疑いますが、

「間違いない。私はこれを見つけたとき、さっそく吹いてみた。唇の繊細な動きを必要とするため、そんじょそこらのフルート吹きじゃ無理だが、私は日ごろから草笛で鍛えておる。で、曲を奏でてびっくりだ。書庫のあちこちからねずみがわいて出てきて、嬉しいやら気持ち悪いやら……」

ヘス議長は、ゴマ粒のような目を細くして笑います。

「つまりだな、赤ずきん。やはりこのハーメルンの近辺にねずみはいないんだぞい。いたらぞろぞろと現れるはずだからな」

ついさっき、牢獄でこの曲を演奏したときには、十分経っても一匹のねずみも現れなかったのでした。ねずみがたいまつを運んできたという赤ずきんの推理は、否定されたのです。

「じゃあ、笛吹き男はどうやってあのトロンボーンの穴を広げたというのよ」

赤ずきんは半ば、むきになって訊きました。

「言ってるだろ。おそらく外部から仲間がはしごを使って、火のついていないたいまつとマッチを放り込んだんだろうよ」

「四十五年間も牢屋に閉じ込められている人に仲間なんているんだ」ヘス議長は帳面を開きました。「ボッティンゲン大学を退学する直前にヘルムートと会った同級生に話を聞くことができた。もうかなりのじいさんだったがな、『俺はこんな町を出て相棒と一旗あげるんだ』とヘルムートが言っておったことをはっきり覚えておったぞい」

「ヘルムートに相棒がいたのですか？」

ドレイツェルが訊きました。

「そうだ。ヘルムートはボッティンゲンを退学したとき、二十四歳。ということは今年、六十九歳だ。相棒もそれくらいの年齢と考えられる。フェスのために訪れる旅行客に紛れ、ヘルムートを助けるためにやってきたに違いない。……というわけで私は通報した時点ですでに、ハーメルンじゅうの宿泊客の中から六十をすぎた者をチェックするように警察に命じておいたんじゃ。遅くとも夜が明ける前には、ヘルムートとともに身柄を拘束されるじゃろう」

「どうして？　どうしてそこまでわかっていながら、私に捜査権を与えたのよ？」

するとヘス議長は赤ずきんの顔を見て、にんまりと微笑みました。

「テントウムシのエイミーがあまりに褒めちぎるもんでな、その才能がどの程度のものか見てやろうと思ったんだ。しかし、大した事なかったの」

かちん。赤ずきんの頭の中で音が鳴りました。なんという屈辱でしょうか！

「ま、楽しませてもらった礼に、なんでもおごるぞい」

「いらないわっ！」

ピノキオの入ったバスケットをつかむと、赤ずきんは立ち上がりました。

6.

目が覚めると、やけに低い天井が見えました。朝です。

——ま、楽しませてもらった礼に、なんでもおごるぞい。

昨晩のヘス議長の顔が浮かんできました。

「ああ、もうっ！」

赤ずきんは悔しくて床を叩きました。

「ああああ、ああああっ！」

腹が立って手足をばたばたさせます。

「だ、大丈夫……？」

か細く、高い声が聞こえました。シドレーヌが膝を抱える恰好で、赤ずきんの顔を心配そうに見ています。

「あっ、ごめんなさい」

赤ずきんはとたんに恥ずかしくなって起き上がり、周囲を見回します。バスケットの中のピノキオは、目をぱちぱちさせていました。

「もう、朝だよ」

「わかってるわよ。顔を洗ってくるわ」

一階の厨房へ行くと、すでにマーサが開店準備をしていました。

「おはようございます」

「おお、赤ずきん。開店は七時。あと十分しかないよ。早く支度しなさい」

「えっ。今日も手伝いをするの？」

「当たり前だろう。ただで食事を出して泊めてやってるんだからね。さあ、顔を洗って水を汲んどいで」

仕方がないわ。ヘルムートとその相棒は捕まったのかしら。ミファンテからピノキオの胴体をどうやって取り戻せというの？ とりとめもなくいろいろ考えながら、店の外へ出ようとしたまさにそのとき、ドアが勢いよく開き、飛び込んできた誰かに弾き飛ばされました。

「きゃっ！」

「うちの子たちは？ うちの子たち、ここに来てない？」

昨日この店から三人の子どもを引っ張っていった、ロゼッタという女性です。寝巻き姿のままで、髪の毛もぼさぼさ、目は充血しきっていました。店の中をうろうろし、「うちの子は？」とテーブルの下を覗きこんだりしています。

「来てないよ。なんだいこんな朝早くから」

マーサが怪訝そうな顔をしました。

「うちの子たちがいないのよっ！ どうしましょう。私、あの子たちがいなくなったら、生きていけない……」

顔に手を当ててしゃがみ、ロゼッタは泣きはじめます。

「おはよーうみゃーい」

間延びした声で入ってきたのはソランでした。後ろから、ドレイツェルとミファンテも入ってきます。三人とも、被り物はしていません。

「うぃー。昨日はちょっと飲みすぎたみゃーい。赤ずきん、俺たちのステージ、見に来てくれよな。マーサ、二日酔いに効くショウガのスープを火薬入りで……ん？」

そこでようやく、ソランはしゃがんで泣いているロゼッタに気づいたのです。

「どうしたみゃ？」

「子どもたちがいなくなってしまったんですって」

「どこか散歩でもしてるんじゃないかみゃ？　今日からフェスだから、興奮しているんだみゃ」

「もう二時間も探しているのよっ！」ロゼッタは顔を上げて叫びました。「こんなに長い間、見つからないなんてありえない！」

「ひょっとしてだが」

ドレイツェルが恐る恐る口を開きます。

「脱獄したヘルムートの犯行《しわざ》じゃないか？」

「私も今、そう思っていました」

ミファンテが同意して、赤ずきんの顔を見ます。

「警察はヘス議長の命令通り動きましたが、六十代後半のフェス観光客はわずか三人しかおらず、全員にアリバイが確認されました。当然、ヘルムートの行方はわかっていません」

「こりゃ、大変なことだね」マーサが興奮していました。「やつは子どもを誘い出す曲を奏でる。四十五年前と同じく、町の外に連れ出された可能性もあるってことじゃないかい。森を探したほうがいいんじゃないのかい」

でも、こんなに音楽が流れていては《子どもを誘う曲》を吹いたって子どもたちの耳に届かないんじゃ……と赤ずきんが疑問をさしはさむ前に、

「いやああっ！」

ロゼッタが絶叫しました。

「落ち着いて、ロゼッタ」

「ああ、私の子どもたちっ！」

赤ずきんがなだめるのも聞かず、ロゼッタは店を飛び出していきました。

「俺たちも行くぞ」

声を上げるドレイツェルを、

「待ちな！」

マーサが止めました。彼女は一度厨房の奥へ引っ込むと、どこにしまってあったのか、大きな銅鑼《タムタム》を引っ張り出してきたのです。

「あたしも行こう。こいつを荷車に積んで、教会広場に行くんだ」

7.

教会広場の特設ステージの前には、二百人ばかりが集まっていました。みな、夜通し演奏したのでしょうか。それでも、フェスの開始を待ちかね、それぞれの楽器を手に思い思いの曲を奏でています。

赤ずきんたちがステージの袖までやってくると、タキシードに身を包んだ男性が、「あー、ん、ん」など発声練習をしているのに出くわしました。

「ドミニクさん」

ミファンテが声をかけると、タキシード男はこちらを見て、「あ、え、何?」と目をしばたたかせました。ハーメルン評議員の一人で、フェスの開会式の司会を担当するのだそうです。ドレイツェルたちが事情を話し、ステージを貸してほしいと頼みますが、

「それはできないよ。そんな、個人的なことに……」

「子どもの命がかかっているのよ」

赤ずきんも訴えますが、

「誰だよお前、ちんちくりんだなあ」

ずいぶん失礼な人で、気が短いようです。

「ぐだぐだ言ってないで、貸せばいいんだよ！」

「ああっ？　マーサか。最近、あんたについての苦情を聞いてるぞ。夜な夜な大きな袋を抱えて防壁の外へ出て、川に何か捨ててるってな」

「うるさいねっ！　いいから三人とも銅鑼を運んじまいな！」

マーサのだみ声を合図に、ミファンテとソランが銅鑼を抱えてステージに走り出しました。

「あっ、待てこら！」

追いかけようとするドミニク。赤ずきんはとっさにバスケットの中からピノキオの両腕を取り出し、彼の足元に放ります。両手はがっしりとドミニクの足首をつかみ、ドミニクはどでんと転びました。

「あいたっ！」

「ぼくの手を変なことに使わないでよ」

「しっかりしがみついたくせに」

ピノキオと言い合いをしながら、赤ずきんもみんなを追ってステージに上がりました。

ごぐわぁぁぁーん！

マーサが銅鑼を思い切り叩くと、ステージ前の群衆が一斉にこちらを向きました。ドレイツェルがありったけの大声を出します。

「みんな、聞いてくれ。ロゼッタの子どもが、行方不明になった！」

そして、昨晩、笛吹き男が牢獄から逃げ出したことを説明し、

「知ってるだろう、四十五年前にやつが子どもをこの町から連れ去ったことを！　今なら、みんなの協力があれば、子どもたちを見つけることができるかもしれない！　一緒に防壁の外を探してくれ！　笛吹き男から子どもたちを救ってくれ！」

群衆はしーんとしていましたが、やがて……

「……そんなこと、できるかよ」

誰かが言いました。

「これから、年に一度のフェスが始まるっていうのに、それをほっぽり出して子ども探しなんて馬鹿らしい」

「それより、笛吹き男は私たちをも狙うかもしれないわ。音楽家を誘う曲を奏でて、私たちを溺れさせるかも」

「そうだ。それなら、笛の音が聞こえないように、もっともっと賑やかな音楽で防御しなければ」

「フェスだフェス！　笛吹き男から身を守るためにも今すぐフェスを始めようじゃないか！」

自分勝手なことを口々に言い、子ども探しに協力してくれるような人は一人もいなそ

うでした。

「ふみゃっ！」

ソランが倒れました。猫の被り物の後頭部を押さえてしゃがみ込む彼の背後に、タキシードの乱れたドミニクが、怒りの形相で立っていました。彼はマーサの手からバチを奪い、大きく振りかぶります。

——ごぐわぁぁぁーん！

群衆はまた、静まり返りました。

「みなさん、失礼しました！　このアホどもは下がらせますので、今しばらく、演奏をお楽しみください！」

すぐに群衆はまた、それぞれの音楽を奏ではじめます。

「とっとと帰れっ！　評議員のくせにフェスを台無しにするとはどういうつもりなんだっ！　きーっ！」

ドミニクは、猿のように顔を真っ赤にして怒っています。かなりの癇癪《かんしゃく》持ちなのでしょう。一同は慌ててステージを下りました。

マーサが額に手をやり、はぁ、と嘆きます。

「大丈夫？」

赤ずきんは声をかけますが、肩を落としたままです。

「なんだか気分が落ち込むね。今日は店を開けないことにするよ。フェスなんてばかばかしい」

マーサがとぼとぼと、店のほうへ歩き出します。

「おいマーサ。この銅鑼、どうするんだ？」

「どうでもいいよ。好きなことに使ってくれ」

「好きなことって……」

何を話しかけても、マーサは振り返りません。その背中を見送りながら、ソランがドレイツェルに「どうするみゃ？」と訊ねます。

「とにかく俺たちだけでも、子どもを探すんだ」

みんなで防壁の外へ行こう、という雰囲気になったそのとき――。

「ちょっと待ってよ。ぼくの腕を拾ってよ」

バスケットの中のピノキオが情けない声を出しました。周囲を見回すと、右腕はありましたが左腕が見当たりません。

「ピノキオ、左腕、どうしたの？」

「あのタキシードおじさんが振り払った拍子に飛んでって、どこかの穴に落ちちゃったみたいだ」

「穴ですって？」

「うん。なんだかザラザラした感触がする。砂かなあ」

「あそこじゃないですか？」

ミファンテがドラムのばちで指し示す方向に、一同は顔を向けました。すぐ近くの教会の階段のふもとに亀裂が走っていて、キツネが出入りできそうなくらいの穴があいているのでした。ドレイツェルが近づいていき、胸ポケットから取り出したギターの弦を伸ばして、穴の中に差し入れました。穴はけっこう深いらしく、二、三メートルも弦が入っていったあとで、

「あっ、何かつんつんされている」

ピノキオが言いました。

「握ってみろ、ピノキオ」

「うん……握ったよ」

ドレイツェルが弦を引き上げると、真っ黒になったピノキオの左腕が出てきました。

「あー、よかった」

「よかったじゃないわよ、余計な時間をとらせて。なんでこんな真っ黒なの」

「だから、ザラザラした砂だって」

「んー」とソランがピノキオの腕に顔を近づけ、鼻をひくつかせたあとで、ぺろりとその黒い砂をなめました。とたんに目をつぶり、

「ふみゃーっ！　三オクターブ跳ね上がるぅーっ！」

前にも同じこと言ってたわね——赤ずきんは思いながらハンカチを出し、ピノキオの腕を拭こうとして、

「えっ？」

手を止めました。

「どうしたんです、赤ずきんさん」

ミファンテの声が耳を素通りしていきます。

この黒い砂は……

赤ずきんの頭の中を、昨日から見てきた光景が巡ります。

まさか……ばかげているわ、そんなこと……でも、そうだとしたら、昨晩からこのハーメルンで積み重なり続けた小さな違和感の数々に、すべて説明がつくわ！

「ドレイツェルさん！」

「どうした？」

「ヘス議長に会えるかしら？　牢獄を、もう一度調べてみたいの！」

8.

北門の牢獄は、昨晩とだいぶ印象が違いました。窓代わりの矢狭間から日の光が入っているからです。古びた管楽器を再利用して作られた檻は全体的に黒ずんでいるものの、複雑に絡み合っている様がよく観察できました。遺体とマンドリンはすでに運ばれていて、石の床にはわずかに血の跡が認められます。

「どういうことだね、赤ずきん」

ヘス議長は不機嫌そうでした。ヘルムートとその相棒を見つけられないばかりか、子どもたちを連れ去られてしまったことに責任を感じているのでした。赤ずきんは答えず、ずりずりと檻の中へ這っていきます。

内側から見た管楽器の檻。絡み合っている楽器のところどころに、新品のようにぴかぴかした部分がありました。昨晩、ランプの灯りを反射する部分があったのは間違いではありませんでした。

赤ずきんは、そのぴかぴかした部分の位置関係をじっと観察しました。そしてトランペットの一つに手を伸ばし、ピストンバルブを摘まんでみました。わけなくすぽりと抜け、マウスパイプがかちゃりと外れました。すると、そのパイプに引っかかっていた隣のコルネットが外れます。さらにすぐ上のホルンが外れ……かちゃりかちゃりと、まるでからくり箱のように、次々と管楽器が外れていくのでした。

「これは……」

ものの一分もしないうちに、大人でも通り抜けられるくらいの穴ができました。赤ずきんはそこから出て、目を丸くしているヘス議長に「抜け穴よ」と、外したコルネットを見せました。

「古い楽器にこんなにぴかぴかな部分があるのは、毎日のように誰かが触って、外したりもとに戻したりしていたからね。〝笛吹き男〟は、自分でこの牢から出られたのよ」

「なんじゃと？　ヘルムートが自分でこの牢から？」

「私の言っている〝笛吹き男〟は、ヘルムートのことじゃないわ」

ヘス議長はゴマ粒のような目をぱちくりさせ、首をひねりました。

「何を言っておるのかまったくわからんぞい」

そんなヘス議長に対し、赤ずきんは言ったのです。

「行きましょう。早くしないと、大変なことになっちゃうわ！」

9.

《プレリュード》にお客はいませんでした。マーサはぼんやりとカウンターに肘をついて水槽を見上げていましたが、赤ずきんが入っていくと、椅子から立ち上がりました。

「お帰り」

「お店、やっぱり開けないの？　せっかくのフェスなのに」

「さっきも言ったろう？　子どもたちが見つからないうちは、それどころじゃない。見つかったのかい？」

「いいえ」

赤ずきんはピノキオの入ったバスケットをカウンターに置き、椅子を引いて腰かけます。

マーサは「何か食べるかい？」とカウンターの向こう側へ入っていきました。包丁を出し、トマトを切りはじめます。その手つきは、落ち着いたものでした。

赤ずきんはカウンターの上のねずみの置物を見ました。こよりのような、黄土色の不思議な尻尾。その尻尾のそばに、小さな箱があります。

「ねえマーサさん、このマッチ箱、昨日はなかったわよね？」

「ん？　ああ……煙草を吸う客が来るかと思ってね」

「店は開けないと言ったのに。……違うことの準備でしょう？」

「何を言っているんだ」

「三十二年前に店を開いてから準備してきたことを今日、このフェスの当日に決行するつもりでしょう――ってこと」

マーサは手を止め、眠そうな目で赤ずきんを見ましたが、すぐに、さっとマッチ箱を取りました。すかさず赤ずきんはバスケットの中のピノキオの頭に告げます。

「合図をして。腕を動かすのよ」

「うん！」

ドアが勢いよく開き、ずんちゃずんちゃと陽気な音楽を奏でながら、ブレーメンバンドの三人とヘス議長が入ってきました。マーサは明らかに焦っています。

「い、いったいなんだい、騒がしい」

四人は音楽を止め、「どうぞ」と言わんばかりに赤ずきんに手を差し出します。

「マーサ、ワインのメニューはないのに、どうして奥にワイン樽があるの？」

「言ったとおりさ、熟成中なんだよ」

「このお店では、どうして火薬入りのお酒なんて出してるの？」

「馬鹿な客どもが喜ぶもんでね」

「それじゃあ」赤ずきんは両手を上げ、指揮を執るしぐさをしました。四人が一斉に曲を奏で、それに合わせて歌います。

「あなーたの犯罪計画はー♪、どうしてそんなに杜撰なのー？」

両手を握り、音楽を止めます。マーサに向かい、赤ずきんは告げました。

「四十五年前にこの町から子どもを連れ去った笛吹き男は、あなただったのね」

*

「どういうことだ？」

じゃかじゃかじゃん。とんとことん。ずんちゃずんちゃ。ブレーメンバンドは興奮して奏でました。赤ずきんはヘス議長以外の三人には演奏をお願いしただけで、たどり着いた真相については、まだ話していないのでした。

「四十五年前、ボッティンゲン大学に通う二十四歳の学生ヘルムートが、学業怠慢と素行不良を理由に、教授に顔を鉄の棒で殴られたうえ、退学処分になったんだぞい」

口を開いたのは、ヘス議長でした。

「ヘルムートは『相棒と一旗あげてやる』と級友に言い残してボッティンゲンを去った。ハーメルンでねずみと子どもが連れ去られる事件が起きたのはその直後だ。だから私は、赤ずきんにあることを指摘されるまで、ヘルムートがその実行犯なのだと固く信じておった」

じゃじゃじゃん。ドレイツェルがギターをかき鳴らします。

「あることとは何だ？」

「ヘルムートは教授に顔面を殴られたとき、唇を縫う大けがを負った。《ねずみを誘う歌》は繊細な唇の動きを必要とする。あのときのヘルムートに、あの曲が吹けたわけはないんだ」

たたたん。ミファンテのスネアドラム。

「では誰が吹いたのです？」

「ヘルムートと共にボッティンゲンを去った相棒だぞい。これも見落としておったが、男とは限らん」

　ずんちゃずんちゃ。ソランのアコーディオン。

「それがマーサおばさんだっていうのかみゃ？　無茶だみゃ！　マーサおばさんは今年五十一歳。四十五年前っていったら、六歳のガキだみゃ」

「六歳ならじゅうぶんフルートは吹ける。それに、これも赤ずきんに指摘されてはっとしたことだが、ヘルムートは十八歳のときに人妻を妊娠させているのだ。ヘルムートが大学を退学したのは二十四歳のとき。人妻に産ませた子供を引き取って育てていたのだとしたら、ぴったり計算が合う」

「じゃ、まさか！」ずんちゃ、ずんちゃ……

「そうよ」

赤ずきんは答えました。

「マーサさんは、ヘルムートの娘なの」

ショックからか、ブレーメンバンドの演奏が止まりました。

「当時のハーメルン評議会の前に現れた、マスクで口元を覆っていた男はもちろんヘルムートだったでしょう。でも彼はフルートを携えていただけ。実際にねずみを溺死させたのは、父親にフルートを仕込まれていた、娘のマーサさんだった」

マーサは無表情のままです。赤ずきんは続けました。

「ヘルムート父娘《おやこ》はねずみを退治した報酬で大金持ちになる計画を立てた。ところがハーメルン評議会は報酬の話を白紙に戻し、これを恨んだ父娘は、ヘルムートが言った〝呪いの曲〟つまり、今は失われた《子どもを誘う曲》で子どもたちを連れ去った。リューベックで捕まったのはもちろんヘルムートだけ。彼は娘を逃がし、自分が罪を被ることにしたのよ」

実際に姿を見せていたのはヘルムートのほうだったので、すべて彼一人がしたことと、評議会は信じたのです。

「マーサさんは評議会に真実を訴えたかもしれないわ。でも突然現れた六歳の女の子の意見なんて誰も信じなかった。失意のあなたは、終身刑になったお父さんを助けるチャンスをうかがおうとしたけれど、子どもが消えたハーメルンでは目立つ。だからブレーメンで料理の修業をしながら十三年を過ごし、十九歳になってようやくハーメルンでこの店を開いた。そして、約束を破った上にお父さんをひどい目に遭わせたハーメルン市民への復讐の準備を、着々と進めていったのね」

「復讐の準備だと？　なんだそれは」

ドレイツェルが青ざめた顔で訊ねます。

「それはもう少しあとで話すわ。――マーサさんの料理は評判となり、《プレリュード》は皮肉なことに憎き評議会の御用達の店になった。成長したあなたを、評議会の面々は誰も、あのときの六歳の女の子だとわからなかったのでしょう。あなたは毎日、店が終わってから北門へ出かけ、お父さんの奏でるマンドリンを聴いていた。三十二年の時が経つうち、評議会のメンバーは次々と死んで入れ替わり、ついに報酬の支払いを拒否したときのメンバーは、一人になった」

「俺の親父、シャプナーだみゃ」

「そうよ、ソランさん。ところでシャプナーさんは亡くなる少し前、マーサさんに相談してくるといってこの店を訪れたのよね」

「そうだみゃ。まさか赤ずきん、その話の内容までわかるっていうみゃ？」

赤ずきんはうなずきます。

「マーサさんが決して聞きたくなかった、旧評議会の秘密よ」

マーサの目に悲しみと怒りが見えました。赤ずきんはバスケットの、ピノキオの下に敷いてある布をめくり、トランペットを取り出しました。

「これは、牢に使われていた、古いトランペット」

たたたん！　ミファンテが太鼓を叩きました。

「どうやって外してきたのですか？」

赤ずきんはさっき自分が見つけた抜け穴について説明しました。

「つまり、収容されていた笛吹き男は、自由に牢を出入りできていたというわけね」

「まったく、意味がわかりません」

「ドレイツェルさん」

赤ずきんはロバ男のほうを見ました。

「あなたが子どもの頃、ダイニングで開かれていた評議会には、評議員の七人すべてが揃ったことは一度もなかったと言っていたわね」

「そうだ。必ず誰か一人が欠席……はっ！」ドレイツェルは気づいたようでした。「評議会のメンバーが交替で牢に入り、笛吹き男の代わりにマンドリンを弾いていたというのか！」

「そうよ。牢番が食事を届ける朝夕の時間を避けて入れ替わり、誰かが階段を上がってくる様子があったときに赤と緑のチェックの布を被って背を向ければ、ばれることはないわ。毎日聞こえてくるマンドリンの曲調が違ったのは当たり前。違う人が弾いていたんだもの」

「し、しかし」ミファンテが口をはさみました。「評議会は、なぜそんなことをする必要があったんです？　本物のヘルムートはどこへ行ったんです？」

「四十年以上ものあいだ、ひた隠しにしてきたことを考えれば、おのずと察しがつくわ。きっと、牢に収容される前にヘルムートは、評議員の誰かに殺されたのよ」

「なっ……」

ミファンテが絶句し、冷たい空気が周囲に走ります。赤ずきんは、マーサを見ました。

「マーサさんは、死の直前のシャプナーさんに、それを聞かされたのね？」

マーサは何も言いません。

「……ワイン樽の中を見たら、マーサさんの計画はすべてわかるわ」

赤ずきんのその言葉に、マーサの眉が動きました。すべてを赤ずきんが見抜いていることを悟ったのでしょう。やがてため息を一つつき、

「初めに殴りつけたのは、ドミニクの親父だったそうだよ」

驚くほど冷たい声で、マーサはそう言いました。

「あいつの子どもは四人だったが、私が吹いた《子どもを誘う曲》で、よちよち歩きだったドミニク以外の三人を失った。どうしても許せないと、判決が出た後で笛吹き男を——父を殴りつけたのさ」

「認めるんだな？」

ヘス議長が訊ねます。

「ふん、もう仕方がないだろう。——ドミニクの親父に殴りつけられ、意識が朦朧《もうろう》としている父を見て、他の評議員も怒りが湧き上がったそうだ。寄ってたかって父を殴り、ついに殺してしまった。あたしはそれをずっと……四十年以上も知らなかった」

感情を抑えるように、ふん、と笑い声を漏らすと、マーサは赤ずきんに言いました。

「わかってるんだろう？　続きは話しとくれ。あたしはちょっと、酒をもらうよ」

カウンターから酒瓶とコップを取り出すマーサ。赤ずきんは一同のほうを向きました。

「ハーメルン自治法では死刑は固く禁じられている。評議員がそれを破ったと知られたら、市民から糾弾《きゅうだん》されて名誉を失うわ。七人は死体を隠し、交替でヘルムートの代わりをすることにした。そもそもマンドリンを差し入れたのは、笛吹き男が生きながら収容されていると市民に思い込ませるためだったのよ」

「なんという……」

ドレイツェルをはじめ、ブレーメンバンドの三人とヘス議長は、楽器も弾かず口を開けたままです。自分たちの父親が何をしていたのかを知り、愕然《がくぜん》とした様子でした。

「評議員たちはこれを次の世代に引き継がせず、古い世代だけの秘密にするとお互い約束して死んでいった。そしてついに秘密を知るのは、シャプナーさん一人になった。責任感からか、毎晩マンドリンを弾きに牢に行ったけれどついに自分の死期を悟り、この仕事を引き継いでくれる人を探す必要にせまられた。皮肉なことに白羽の矢を立てたのが、信頼するマーサさんだったのよ」

一同がふたたび、マーサのほうを向きます。

「シャプナーさんから、すべてを聞かされたときのマーサさんの心中を考えると胸が詰まるわ。ずっと牢の中で生きていると思っていた父親が、とっくに殺されていたなんて。それどころか、評議会がそれをごまかし続けていたなんて。怒りで目の前が暗くなったんじゃないかしら」

どん、とマーサは拳でカウンターを叩きました。酒の入ったコップが揺れます。

「そんなもんじゃないね。その場で殺してやりたいくらいだったさ。もとはといえば、あいつらが約束を破って報酬を払わなかったのが発端だろうがっ!」

唾をまき散らしながら叫ぶと、マーサはコップの酒を一気にあおりました。ふぃーっと長い息を吐くマーサを見つめ、赤ずきんは口を開きます。

「だけどあなたはフェスの日まではと我慢して、シャプナーさんの仕事を引き継いだ。ここ二か月ばかり元気のない演奏だったのは、弾き手が変わったからよ。夜九時以降にならないと演奏が聞こえなかったのも、閉店後じゃないと牢に行くことができなかったからよね」

「もういいよ」マーサはつぶやきます。「どうせ今日でおしまいなんだからね」

「おしまいって、何のことだみゃ？」

ソランは気が気でないようです。

「さっき、教会の前の穴に落ちたピノキオの手に、何かがついて戻ってきたわね」

「みゃあ。舐めたからわかるみゃ。火薬だったみゃ」

「ハーメルンで火薬を扱えるのはこの店だけだわ。その火薬がどうして教会の下に？」

「みゃあ。たしかに」

そして赤ずきんはついに、マーサの恐ろしい計画を口にしたのです。

「この店を開いて以来三十二年、マーサさんは地下にトンネルを掘り、ハ、ハーメ、ル、ン、の町、の地下に火薬を仕掛け続けてきたのよ」

「な、なんだってぇ！」

ぴーん！　ドレイツェルのギターの弦が切れます。

「地下トンネルの出入り口は恐らく、私に触るなと言ったワイン樽の下にあるんでしょ。

このねずみの置物からそのワイン樽まで、怪しい紐が延びているわ。マーサさんは営業の合間を縫って穴を掘り、火薬を仕掛け続けた。掘った土は川に流したのね」

「そう言えばさっき、マーサさんが夜な夜な袋を担いで川に何か捨てている姿を目撃したやつがいると、ドミニクが……」

ドレイツェルが言いました。

「ハーメルンがいくら小さな町だって、市民全体を巻き込む大爆発を起こす準備には、三十年くらいの歳月はかかったのでしょう？　牢の中の父親を巻き込んでしまう心残りは、シャプナーさんの告白によってなくなった。あなたは、ハーメルン市民がもっとも浮かれているフェスの日を決行日に選んだ。私が初めてこの店に来たとき、『なにもこんなときにねえ』って言ったわね。私は『なにもフェスで込み合っているときに泊まりに来なくても』という意味だと思っていたけど、違ったわ。『なにも、私がハーメルンを爆破しようってときにねえ』という意味だったのよ」

ふん、と横を向くマーサに、赤ずきんは続けます。

「そんなあなたにも、どうしても助けたい相手がいたのね」

「本当になんでもお見通しってわけだね」

「ロゼッタの子どもたちですね」ミファンテが言います。「自身も幼くして父親と引き離されたあなたは、彼らに自分を重ねていたんですか」

「勝手に推測するがいいさ」

「しかしなぜ、笛吹き男が逃げたように見せかけるなどと、回りくどいことをしたのですか」

「最後のチャンスを与えたつもりでしょう」

赤ずきんは言いました。

「マーサさんは、フェスを放り出して子どもたちを探してくれる親切な心を持った市民なら、助けてもいいと思った。笛吹き男が子どもたちを森に連れ出したのはこの町の常識。子どもたちを探すために、そんな市民は町を離れて森へ行くでしょう」

「そのあいだに、町を爆破しようというのか。しかし何も、牢番を殺すことはなかったのでは」

ドレイツェルがとがめると、マーサは「あいつが馬鹿なのさ！」と叫びました。

「脱獄に見せかけようとして、たいまつで牢獄に細工をしているときに限って、『ちょっと気になった』と言って上がってきやがって。四十五年も囚人が入れ替わっているのに気づかなかったくせに。見られたから仕方ないよ」

くっく、くっくくっくと、グラスをカウンターに叩きつけながらマーサは笑いました。

「それにしても、この町には馬鹿ばっかりだ。せっかく助かるチャンスを与えてやったのに、フェスのほうが大事なんて。ハーメルンの市民は四十五年前と何も変わっちゃいない。最終審判は、下されたんだ!」

グラスを床に叩きつけ、カウンターの向こうからブレーメンバンドの三人を見回します。

「思ったとおり、あんたたちだけは子どもたちを探そうと言ってくれた。だから助けてやる。五分もありゃ、走って防壁の外に出ていくのに間に合うだろう。三人の子どもたちは北門を出て川を渡ってしばらく行った岩場の、古い炭焼き小屋にいるよ。明け方に町を抜け出してフェスが終わるまでそこに隠れていたら新しい楽器をプレゼントしてやると言ったら、信じてのこのこ出かけていったんだ。食べ物もどっさりおいてあるから、パーティーしているかもね」

くっくっくと、目を真っ赤にしてマーサがまた笑いました。

「ドレイツェル、ミファンテ、ソラン。親に似ず、優しい評議員に育ったもんだよ。マーサおばさんからの最後のプレゼントさ。とっとと行っちまえ!」

「やめないかマーサさん」ヘス議長が丸パンの顔に汗を浮かべて説得します。「あんたはもう、生涯の半分以上をこの町で暮らしている。立派なハーメルン市民じゃないか」

「一緒にするんじゃないよっ!」

マーサがマッチを取り出してすばやく擦《す》りました。ぼっ、と燃え上がる炎を、ねずみの置物の尻尾に近づけます。

「あっ、それは！」

赤ずきんが止める間もなく、ねずみのしっぽはばちばちと火花を上げました。ねずみのお腹から延びた紐、導火線が燃えていきます。つながっているのは、厨房の奥。赤ずきんは慌てて、ドレイツェルたちのほうを振り返りました。

「誰か、なんとかして！　このまま火が、ワイン樽の下に伝わっていったら、ハーメルンは……」

しかし、誰もどうすることもできません。ばちばちばちと導火線を走っていく火のスピードは、とても速いのです。

「はあっ、はっはっは！　さらばハーメルン！」

唾をまき散らし、涙を流しながら笑うマーサ。頭を抱えるヘス議長。目をぱちぱちさせるピノキオ。ばちばちばちばちと燃える導火線。

「マーサさん、やめてください」「だめだみゃ、間に合わないみゃ」「逃げるんだ、みんな、逃げるんだ！」「もう無理だ！」

みんな、パニックに陥ってしまいました。

犯人を説得するつもりが、こんなことになってしまうなんて。今回ばかりはダメだわ
――赤ずきんはぎゅっと目をつぶります。

と、そのとき――！

「音楽を！」

甲高い声が響きました。

赤ずきんは目を開けました。厨房の奥に立っていたのは、白い服を着たとても痩せた女性――赤ずきんと相部屋をしていたシドレーヌでした。

「奏でてください、音楽を」

彼女は言いました。

「なんでもいいから、音楽を！」

じゃかじゃん。ドレイツェルが、我に返ったようにギターをかき鳴らします。ミファンテが全身に括りつけた打楽器を打ち鳴らし、ソランがアコーディオンを弾き、ヘス議長もフルートを吹きました。すると、

「あ、あああー♪ 私はシドレーヌ♪ さびしーい、歌い手よー♪」

ブレーメンバンドの演奏に合わせ、シドレーヌはソプラノよりまだ高い声で歌いはじめたのでした。

「音楽だけーがともだち♪ すてーきなハーメルンよ、すてきな、おんがくでぇ♪」

聞いたこともないくらいの高音です。

「私を包んでぇぇぇぇぇーーーーーっ♪」

さらなる高音。

人間技ではないほどの高音。

びりびりびりびりと、店全体が震えるほどの高音。

「えぇぇぇぇぇーーーーっ♪」

シドレーヌの声は細くなるどころか、高くなるにつれてどんどん大きくなるのです。なんていう喉でしょう。この細い体のどこに、こんな力があるのでしょうか。かたかたと、食器や椅子が揺れはじめます。

ぴきぴきという音がどこかから聞こえました。水槽です。お酒の棚の上にある、水槽の表面にひびが入っているのです。

「あっ」

ピノキオが小さな声をあげた直後——。

激しい音を立てて水槽は、割れました。

色とりどりの魚たちとガラスの破片、それに大量の水が、マーサめがけて落ちてきます。それはさながら、かつてねずみたちを溺れさせた、ヴェーザー川の水流のようでした。

「ぎゃああ！」

数秒後、マーサはずぶ濡れでカウンターの奥に座り込んでいました。当然、導火線の火は消えています。

「……神業《きせき》だ」

胸を押さえてはあはあと息をしているシドレーヌを見て、ドレイツェルがつぶやきました。

沈黙。

外では人々が陽気な音楽を奏でていますが、店内で聞こえるのは、床で魚がぴちゃぴちゃとはねる音だけです。

「う、うう……」

やがて、マーサがだみ声でむせび泣きはじめました。

「ごめんね……お父さん……ごめんね……」

開店以来三十二年の、いや、ねずみを川で溺れさせて以来四十五年の、長い長い思いがその背中にのしかかっているようでした。誰も、マーサに何と声をかけていいかわかりません。

「楽器が演奏できるっていうのは羨ましいことだなあ」

こういうとき、場違いに明るい声を出すのは、決まってピノキオです。

「だってさ、言葉が見つからないときにも、気持ちを伝えられるんだもん。ぼくも人間の子どもになったら、楽器を習ってみたいなあ」

ぴぃーん、とドレイツェルが、ギターの弦を弾《はじ》きました。それを合図に、ミファンテもソランもヘス議長も、曲を弾きはじめます。

フェスにはとても似つかわしくない、静謐《せいひつ》な旋律——それは、ハーメルンの笛吹き男に捧げられた、物悲しくて優しい鎮魂歌《レクイエム》でした。

幕間　ティモシーまちかど人形劇

ブー・ピー、ブー・ピー、怖くない
狼なんて怖くない
ブー・ピー、ブー・ピー、ぼくたちは
勇気と知恵ある子豚たち
ブー・ピー、ブー・ピー、怖くない
魔女も魔法も怖くない
ブー・ピー、ブー・ピー、知りたいだろう?
ブッヒブルクの成り立ちを!

さあさあみんな　よっといで!　楽しい童話のはじまりさ
今日のはなしの主役たち　可愛い子豚の三兄弟
長男マイケル、なまけ者　次男アンドレ、ちょいとケチ
三男泣き虫パトリック、兄らにいつも甘えてる

ポナポテ村は山あいの　豚の作った豚の村
その村はずれのあばらやに　兄弟たちは住んでいた
ブー・ピー、おやじは飲んだくれ　朝晩お顔はまっかっか

ワインにビールにウィスキー　つねづね家計は火の車
ブー・ピー、母さん我慢して　兄弟育てていたけれど
ついに怒りが爆発し　雄豚《オトコ》を作って出ていった
それでも兄弟手を取って　陽気に暮らしていたけれど
ある日おやじが突然に　かんしゃく起こして言い出した

「この憎たらしいガキどもが！　お前たちが飯を食うからうちは貧乏なんだ。とっとと出ていっちまいな！」

ばこひゅん、ばこひゅん、ばこひゅんと、おやじに尻をけとばされ
三匹あばらや追い出され　めそめそ泣き出すパトリック

「泣いたらだめだね、パトリック」

「そうだ、マイケル兄貴と俺がついているぜ」

「歌でも歌いながらね」

「どこかで仲良く暮らそうぜ！」

生まれ育った村離れ　兄弟てくてく歩き出す
三日ばかりが経った頃　さびしい村にたどりつく
豚も人もだれもいない　壊滅している家ばかり
はるか昔の戦争で　みな死に絶えた村だった

「もう歩きつかれてへとへとなんだね。俺はここに自分だけの家を作るんだね」

「そうかいマイケル兄貴、それなら俺もここで家を作ろう」

「ええっ？　みんなで一緒に暮らすんじゃないの？」

「情けないこと言っちゃだめなんだね、パトリック。自分だけの家を作ったほうが、気兼ねなく昼寝ができるんだね」

「その理由はどうかと思うが、俺も自分だけの家がずっとほしかったんだ。どうだい。家を作る競争をしないかい？　いちばん遅かったやつが、この先、ずっと三匹分の飯を作るんだ」

「おおアンドレ、そりゃいいね」

二匹の兄は盛り上がり　材料集めに走ってく
一人残されパトリック、ぶひゅうとため息青い息

せっかく三匹睦《むつ》まじく　暮らせるものと思ってた
だけども兄らの決めたこと　ぐちぐち言ってもしょうがない
寂しさ抱えてとぼとぼと　材料集めに歩き出す
さあさはたして三匹は　どんなおうちを作るやら――

ブー・ピー、ブー・ピー、怖くない
狼なんて怖くない
ブー・ピー、ブー・ピー、ぼくたちは
勇気と知恵ある子豚たち
ブー・ピー、ブー・ピー、怖くない
魔女も魔法も怖くない
ブー・ピー、ブー・ピー、まだまだ先さ
ブッヒブルクができるのは！

長男マイケル、なまけ者　昼寝と遊びが生きがいさ
すばやく家を作ったら　一生飯を作らない
マイケル、わら束かき集め　ささっと家をこしらえた

風が吹いたら壊れそな　心もとないわらの家
次男のアンドレ、ごうつくばり　楽して得して生きていたい
手ばやく家を作ったら　一生飯を作らない
アンドレ、木材かき集め　トトンと木の家こしらえた
わらの家よりましだけど　火事には弱い木のおうち

三男泣き虫パトリック、　臆病者できちょうめん
廃墟のレンガをかき集め　洗って干して磨いてさ
モルタルこねこねこねこねて　きっちりレンガを積んでった
二人の兄より時間かけ　大事に大事に積んでった

「パトリック。いい加減にするんだね。家を作るのにどれだけかかってんだね」

「さっさと俺らの飯を作れー」

「ごめんよ、兄さんたち。もう少しかかりそうなんだ。でも、家は慎重に作らなきゃ」

「馬鹿正直な働き者だね、イライラするんだね、お前」

「要領よくやれよ、ばーか」

どんなに馬鹿にされたとて　きちんとレンガを積まなけりゃ
何かあったら大変だ　安全安心最優先
兄に遅れること三月《みつき》　ようやく家ができあがる
風も炎もなんのその　固くて頑丈なレンガ壁

さてさてこんな兄弟を　獰猛《どうもう》な目が狙ってた
刃《やいば》のような爪と牙　もの凄まじいあの獣
首にはなぜかネックレス　ぎらぎら光る銀ブドウ
ある日マイケル、寝ていたら　その咆哮《ほうこう》が轟《とどろ》いた

ぐわらあああっ！　ぐわららあああっ！

「な、なんだ？」

俺様は狼だ！　うまそうな子豚。今すぐ出てこい。俺様が食ってやる！

「い、いやだ！」

が、は、が、は、無駄だ無駄だ。こんなチンケな家、こうしてくれるわ！

狼、息を吸い込んで　口をすぼめて吐き出した
嵐のようなつむじ風　わらの家は吹き飛んだ
マイケル、命からがらと　隣の木の家　飛び込んだ

「ど、どうしたんだ兄貴？」

「狼だ。狼が襲ってきた！」

うまそうな子豚たち！　出てこい！　二匹まとめて食ってやる！

「い、いやだ！」「あっちへ行け！」

が、は、が、は。いいだろう。家ごと丸焼きとしゃれこもう！

狼、マッチを取り出して　シュッとひと擦り　壁にポイ
地獄のようなその炎　木の家ごごうと燃え上がる
マイケル、アンドレ、大慌て　レンガの家に飛び込んだ
なんて素敵な家の中　暖炉もぽかぽかあたたかい
けれども二人の兄たちは

「パトリック、大変だ！」

「狼が襲ってきたんだっ！」

「なんだって？　でも大丈夫。この家はレンガだから、入ってこられないよ」

狼、息を吸い込んで　口をすぼめて吐き出した
くしゃみのようなつむじ風　レンガの家は揺れもしない
狼、マッチを取り出して　シュッとひと擦り　壁にポイ
ホタルのようなその炎　レンガの家は燃えやしない
なんてことだい　ごちそうを　目の前にして食べられない
レンガの家から聞こえくる　兄弟たちの笑い声

「ああは、傑作だね！　狼のやつ、頑丈なレンガの家の前になすすべもないんだね」

「この家は最高だぜパトリック。ドアも窓も閉めちまえば、出入りはできないもんな」

「いや……実はもう一つだけ、出入りできるところがあるんだ。煙突さ。あそこから入れることを、狼に気づかれたらどうしよう」

狼、にやりと微笑んで　見上げるレンガの家の屋根
見事な煙突そびえたち　ここから入れと誘ってる

狼、壁に爪を立て　がちがちがっちとよじのぼる
待ってろ待ってろ子豚たち　今食ってやる子豚たち！
狼、屋根によじ登り　ぺろぺろぺろりと舌なめずり
ひょいっと煙突飛び乗って　一気に飛び込む暗い穴
落ちた先では大鍋が　ぐつぐつぐつぐつ煮えたぎる
狼、ざぶんとその中に！　あちちちちちっと大暴れ
マイケル、それ見て大笑い　アンドレ、ひゃほうと踊り出す
ぼくらの自慢の弟の　パトリックの作戦さ

「あちっ、あちちちちっ！　助けてくれ、この通りだ！」

「助けるわけ、ねえだろう、なあマイケル兄さん」

「あたりまえだね。俺たちを食おうとした罰なんだね」

「あちっ、あちちちちっ！　このとおりだ、このとおりだぁ……」

「兄さんたち、かわいそうだよ。助けてあげよう」

「何を言ってるんだパトリック、このまま殺してやろうぜ」

「そうだね。助けたらこいつ、また俺たちを食おうとするに決まってるんだね！」

「たしかにぼくが言い出したんだけど、殺したらかわいそうだよ」

「こんなやつに情をかけるなんて」

「本当に弱虫な弟なんだね！」

助けを求める狼を　マイケル、アンドレ、あざ笑う
見てられないとパトリック、背中を向けて耳ふさぐ
しばらくもがいた狼は　やがて静かになったとさ
白目をむいて舌を出し　お湯にぷかぷか浮いたとさ

「くっせえんだね。アンドレ、どうするんだね、この狼の死体」

「兄貴、食いしん坊だろ。食っちまえよ」

「こんな汚い死体、食えるわけないんだね。パトリック、処分しとくんだね」

「処分って……。あれ、なんだろう、その、首に光るの」

「ん？　この狼、生意気にもネックレスしてやがる。パトリック、取ってみろ」

「あち、あちちち……取ったよ。なんだろうこのデザイン」

「銀色の、ブドウなんだね」


ぎぎぃ、ばたん、とドア開き　兄弟　なんだ?と振り返る

そこにいたのは恐ろしい　黒い服着た魔女だった
頬はがりがり骨ばって　鼻はとんがり岩のよう
右の肩には黒い猫　左の肩にはヒキガエル

「だっ、誰なんだね？」

「私はマイゼン十八世。由緒正しきマイゼン一族の魔女だよ……ふふん。お前たち、その狼を殺してくれたのね。よくやったわ。その狼は私たちから魔法封じのブドウを盗んだの」

「このブドウか？」

「そうよ。それを持つ者には、私たちの魔法は通じない。それどころか、風や炎で攻撃されてしまう。誰にも渡さないようにとマイゼン一族が伝統的に持ち続けてきた秘宝よ。さあ、渡して」

アンドレ、にやりと微笑むと　それをよこせと弟に
パトリックから渡された　ブドウを魔女につきつける

「風よ、吹け！」

ぶうんと風が巻き起こり　きゃああ！と魔女は飛ばされる
骸骨のようなほっぺたに　傷が一筋　血がだらり
アンドレ、それみて高笑い　悪魔のように高笑い
なんて素敵なこのブドウ　これさえあれば権力者――！

おねがいおねがい返してと　魔女は懇願するけれど
アンドレ、ブドウをつきつけて　炎よあがれと唱えだす
ぼぼうと上がった火柱に　ひいいと魔女は逃げまどう
それみてアンドレ、大笑い　マイケル、そろって大笑い

「兄さんたち、かわいそうだよ、助けてあげてよ。ぼくたちは優しさを持つべきだ」

「『優しさ』なんて言葉で軟弱さをごまかしてはいけないんだね、パトリック。軟弱な者は生きていけないんだね」

「たまにはいいこと言うんだなあ、兄貴。そうさ。今宵俺たちは、生きる強さを手に入れたのさ。おいマイゼン十八世とやら。こいつを返してほしくば俺たちのいうことをきけ」

「な、なんでもきくわ」

「なんでも、だってさ。どうする、マイケル兄さん」

「そうだね。さしあたって、永遠の命がほしいね」

「そりゃいいぜ！」

「永遠の……それは無理よ。だけど、百年なら」

「たったの百年？ 少ねえぜ！」

「まあ待つんだねアンドレ。おい魔女、その命、更新するのはできるだろうね」

「こ、更新？」

「百年後、俺たちの寿命がつきそうになったそのときに、もう一度同じ魔法をかけて寿命を百年延ばすんだね」

「……考えたことはなかったけれど、できると思うわ」

「こりゃいいね。じゃあ、更新のたびに、ブドウを一粒、返してやるんだね」

「ひ、一粒ずつ？」

「わっはは、最高だぜマイケル兄貴。ブドウはざっとみて二十粒はある。これだけありゃ二千年も生きることができて、この世の贅《ぜい》を心行くまで堪能《たんのう》できる。いいな魔女。嫌だというならまた風と炎をおこすぜ」

「わ、わかったわ。ただし、私たち魔女にも寿命があるから、更新は私の次の世代の魔女がやることになるわ」

「いいんだね、それでも」

「それから、あくまでも私が授けるのは自然死しないという意味の『寿命』よ。事故、自殺、殺害、そういうケースは命を落とす」

「わかったわかった。俺たちは運がいいから大丈夫さ！」

銀のステッキ取り出すと　魔女はえいっとひと回し
虹の光が現れて　ぴらりら兄弟包み込む
ブー・ピー、力がみなぎって　兄弟思わず飛び上がる
ブドウを一粒返してと　魔女は右手を差し出した

「待てよ魔女。こんなことでブドウを返してもらえると思うな」

「約束が違うじゃない！」

「もう許してあげようよ」

「黙ってろパトリック。おいマイゼン、他に魔法は使えないのか。得意な魔法はなんだよ？」

「得意なのは、生き物を思いのままの姿に変える魔法よ」

「生き物を……こりゃいいぜ！」

「どうするつもりなんだね、アンドレ？」

「人間どもの町に繰り出して、片っ端から豚の姿に変えちまうのさ。『元の姿に戻してほしくば俺たちのために働け』と命じ、奴隷として町を作らせる。俺たち、子豚の三兄弟の王国さ」

「なんて恐ろしい……そんなこと、させるはずないじゃないの」

「うるせえ！」

「きゃあっ！」

「おい魔女、口の利き方に気をつけろよ。俺たちにはこの、銀のブドウがあるんだぜ」

兄弟、魔女を連れ出して　人間の町に繰り出した
人の言葉を話す豚　物珍しがった人だかり
アンドレ、魔女に命令し　手当たり次第に豚にする
嘆くやつらを連れ帰り　鞭で脅して働かす
やがて奴隷は多くなり　管理の豚手《ぶたで》が薄くなる
頼るべきは同志豚　ポナポテ村の同志豚
アンドレ、にんまり微笑んで　生まれ故郷に舞い戻る

「おや、アンドレじゃないか」

「家を追い出されたと聞いたぜ」

「おいお前たち、こんなシケた豚の村を飛び出して、金持ちになりたくないか？」

「なんだよアンドレ、いきなり」

「いい話があるんだぜ。豚になった人間たちをこき使うのさ！」

こうして同志を連れ帰り　鞭を持たせて見張らせる
やつらを畑でこきつかい　できた野菜で大儲け
さぼるやつらはビシバシと　叩いて無理やり従わす
やつらを工場《こうば》でこきつかい　拵《こさ》えた物で大儲け
すべての商売大繁盛　町はどんどん栄えたつ
やつらを上手にこきつかい　豚は豊かに肥え太る

ブー・ピー、ブー・ピー、怖くない
狼なんて怖くない
ブー・ピー、ブー・ピー、ぼくたちは

勇気と知恵ある子豚たち
ブー・ピー、ブー・ピー、怖くない
魔女も魔法も怖くない
ブー・ピー、ブー・ピー、わかったかい？
ブッヒブルクは豚の町
知恵ある子豚が豚集め　築き上げたキングダム
子豚が豚を支配する　類《たぐい》まれなるキングダム
ブー・ピー、ブー・ピー、栄えあれ！
ブッヒブルクよ永遠に！

第四幕　なかよし子豚の三つの密室

1.

赤ずきんは、大きなレンガの道の真ん中に立っていました。

あちこちに工場があるらしく、煙がもくもくと昇り、トンテンカンテンと音がしています。鍬《くわ》や鋤《すき》やシャベルやつるはしといった道具がたくさん積まれた、見たこともないくらい大きな荷車が、五台も続いてごろごろと引かれていきます。引いていくのは、太った豚たち。人間のように二足歩行をしていますが、みんなずいぶんと暗い顔をしているのでした。

「人形劇で観たけれど、ずいぶん発展した町だわ。ねえ、ピノキオ」

旅の初めには頭しかなかったピノキオは、今や胴体と両手が揃って、バスケットに入りきらなくなっていました。それで、赤ずきんの背中に括りつけられているのです。

「このうすのろっ！　ちゃんと引けっ！」

怒号とともに、ばしりと音が鳴り、赤ずきんはびくりと身を震わせました。

「す、すみません」

軍服のようなものを着た太った豚が鞭を振り回す前で、一人の痩せた豚が平謝りしています。謝っている豚の頭には、黄色い毛が生えているのでした。

「お前の代わりなど大勢いるんだぞっ！　この汚い労働豚めっ！　元の姿に戻さないで、死ぬまでこき使ってやろうか！」

「どうかそれだけは。お助けください」

彼だけでなく、荷車を引く豚たちはみな、ずいぶんとげっそりしています。鍛冶屋《かじや》から出てくる豚も、重そうな荷物を背負って運んでいく豚も、頭に黄色い毛の生えている豚はみな、顔に生気がないのです。

「あの、毛の生えている豚は、豚に姿を変えられた人間たちね。マーサさんの店で見た『ティモシーまちかど劇場』の人形劇は、やっぱり本当の話だったんだわ」

「いいんだよ、そんなことは！」

背中でピノキオが喚《わめ》きながら、両腕を振り回しました。

「それよりこのハエたちをどうにかしてよ！」

今朝から赤ずきんの周りを、見たこともない黄色いハエがぶんぶんと飛び回っているのです。ずきんを被っているので赤ずきんはさほど気にならないのですが、案外繊細なところのあるピノキオは、ハエが気になってしょうがないようです。

「いいじゃないのハエくらい。それより、両足はどのあたりにありそう？」

「ずいぶん近いと思うよ。頭がじんじんするから。ちょっと誰かに訊いてみてよ。あっ、あっ、このハエどもっ！」

本当に世話の焼ける人形だわ。赤ずきんが唇を歪ませたそのときです。

「おーい、赤ずきんじゃないか？」

カボチャの形をした看板のある大きなカフェのテーブルで、こちらに向けて手を振っている青年がいました。くるくるのくせっ毛に、貴族風の紫色の上着。一目見て、誰だかわかりました。

「ジルじゃないの！」

「ほーらやっぱり赤ずきんだ。こっちへおいでよ」

この旅の始まり、ランベルソの町で出会った、ジルベルト・フォン・ミュンヒハウゼンという貴族の息子です。テーブルの上ではティーカップが湯気を立てていますが、その脇にわらでできた小さな箱が置いてあります。

「やあピノキオ、ずいぶんと体が集まったじゃないか。あとは足だけかい？」

「うん。それよりジル、このハエ、どうにかならないかな？」

「んー？　はっはあ、これはキビクイバエだね。トウモロコシのひげばかり好んで食べるハエさ。赤ずきん、ここにトウモロコシのひげがいっぱいついてるよ。ここにも、ここにも」

ジルは赤ずきんのずきんから、ひょいひょいとトウモロコシのひげを摘まんでいきます。赤ずきんには、思い当たることがありました。

「そういえば昨日、親切な農家のおじさんの、トウモロコシの貯蔵庫で寝かせてもらったのよ」

「そういうことか。こいつらの食欲はすごくてね、集団でいると一瞬でトウモロコシのひげを食いつくしてしまうよ。まあ、食べるのはひげだけだから、被害はまったくないんだけどね」

不思議な虫がいたものです。

「ねえ、ところで、ジルはどうしてこの町にいるの?」

ピノキオが訊ねました。

「僕が嘘つき学を研究しているのは知っているだろう? 労働者階級がつく嘘のサンプルがたくさん欲しくてね。労働者の多いこの町で聞き込み調査を申し込んだんだけど、許可証の発行に時間がかかっているのさ」

「聞き込み調査に、許可証が必要なの?」

「ああ。それだけ、労働者の管理が厳しいってことだよ」

赤ずきんは声を潜めました。

「ここで働く豚たちって、やっぱり、元は人間なの？」

「そうさ。君はこの町のことをどれだけ知っているんだい？」

赤ずきんは早口で、『ティモシーまちかど人形劇』で見たブッヒブルクの成り立ちを話しました。

「なるほど。その人形劇の内容はおおむね事実だけど、労働者たちについては補足があるよ。たしかに、初めはよその町で豚に変えた人間を連れてきて働かせていたらしいが、それが問題になって、三十年ほど前からは、穏やかな方法で人間を豚に変えて、働かせるようになったのさ」

「穏やかな方法って何よ？」

「お金で買ってくるんだよ」

周辺の都市や農村には、貧しくてその日のパンも買えない家庭がたくさんあるといいます。そういった家庭はお金と引き換えに、子どもをブッヒブルクに労働者として差し出すというのです。

「差し出された子どもは豚の姿に変えられ、『労働豚』として豚の親方の下でいろんな仕事に従事させられる。相応の稼ぎをすれば人間の姿に戻してもらって解放されるという約束になっているらしいけど、そのお金には年々高い利子がつくそうだから、人間に戻れる豚はほとんどいないそうだよ」

「なんてひどい仕組みなの？　全然穏やかじゃないわ」

「しーっ！」ジルは唇に人差し指を当てます。「あまりめったなことは言わないほうがいい。僕たちみたいな観光客の身の安全は保障されているけれど、この町では特に、人間は目立つからね」

「でも、豚が人間を支配するなんて！」

「彼らだって家族のために納得して来ているんだ。そうかっかしないで、これでも覗きなよ」

ティーカップの脇に置いてある、わらでできた箱を見せてきます。よく見れば、小さな穴があいていて、ボタンがあります。

「何よ、これ？」

「覗き箱さ。さっきウェイターに聞いたんだけど、ここ一週間のうちに、突然町のあちこちに現れたんだって。子供だましかと思ったけれど、けっこう精巧だよ。覗いて、ボタンを押してごらん」

言われるようにしてみたら、中でかたかたと子豚の人形が踊っているのが見えました。

「面白いけど……こんなんじゃ、怒りは収まらないわ！　魔女をも支配して人間を豚にして……」

とここで、赤ずきんは大事なことを思い出しました。

「ねえジル、三兄弟の言いなりになっている魔女って、マイゼン十九世っていう名前？」

「ああ、たしかそうだね。どうして知っているんだい？」

「ピノキオの体を盗んだの、その魔女なのよ」

「なんだって？」

赤ずきんは、アプフェル王国のヒルデヒルデが言っていたことをジルに説明します。

「ジル、マイゼン十九世は、何かの儀式にピノキオの体を使おうとしているらしいんだけど、その儀式って何かしら？」

「ひょっとしたら……寿命を延ばす儀式かもしれないね。僕もさっき聞いたんだけど、三兄弟が先代の魔女から百年の寿命を授かってから、今年でちょうど百年が経過するそうだ。それで、ちょうど明日、その寿命延長の儀式が行われるらしいよ」

「明日！」

間違いありません。タマネギザクロという不思議な木でできているピノキオの足を、マイゼン十九世はその儀式に使うつもりなのでしょう。儀式の前に、足を回収しなければなりません。

「お願いジル。ピノキオの体を取り戻すのを手伝って」

ジルは腕を組んで「うーん」と難しい顔をしました。

「僕には僕の目的があるわけだから、三兄弟を敵に回すのは避けたいね。……だけど、君がこの町に来た理由は三兄弟には知られないほうがいいようだ。とりあえず、僕の調査の手伝いをしに来たということにしよう。君は三兄弟に近づける。探りたいことは勝手にそれとなく探ればいい。君、そういうの、得意だろう？」

得意な自覚はないけれど……と思っていたら、

「アンドレ、こっちだよ！」

ジルが手を振りました。向こうから一匹の子豚が歩いてきます。ストライプのシャツに蝶ネクタイ、ワインレッドの高価そうなジャケットを羽織っています。

「お待たせしました、ジルベルト・フォン・ミュンヒハウゼン殿」

子豚はニヤリと笑い、軽くお辞儀をしました。豚の年齢はよくわかりませんが、人間にして十歳くらいかと思われました。

「ものものしい呼び方はやめて、ジルって呼んでくれよ。こちらは僕の助手の赤ずきんと、ピノキオさ」

助手という言い方は気に入りませんでしたが、赤ずきんは極めて可愛らしく見えるように、「こんにちは」と挨拶しました。

「どうも。……おや？　こちらの木の人形も、助手さんなのですか？」

「そうだよ」

ピノキオが返事をした瞬間――にょーんと鼻が伸びます。

「わ、わわわ」

「ああ、ピノキオ、控えなさい」赤ずきんはとっさに言いました。「ごめんなさいアンドレさん。今、ピノキオは風邪をひいているの。この人形は、くしゃみの代わりに鼻が伸びるのよ」

アンドレは疑わしそうにピノキオを見ていましたが、「そうでしたか」と取ってつけたような微笑みを浮かべ、ポケットから木の札を出しました。

「こちらが許可証になります。ところで、許可証には我々三兄弟のサインがないといけないことになっております。私のサインはここに」

木札には「アンドレ」というサインがありました。

「マイケルとパトリックのサインは?」

ジルが訊ねると、アンドレは眉を顰《ひそ》めました。

「パトリックはレンガ工場にいけば捕まるでしょうが、心配なのはマイケル兄貴ですね。まだ寝ているかもしれません……一緒に、家に行ってみますか」

「ああ、そうしよう」

ジルは答え、赤ずきんのほうを向きました。ついておいで、と言っているようでした。

「嘘をつきました、反省しています。嘘をつきました、反省しています」

ピノキオは小声で言いました。ぴゅるりりと鼻が縮んでいく様子を、すでにこちらに背を向けているアンドレは見ていませんでした。

2.

あっちは車輪工場、こっちは農具工場、向こうに見えるのは建材工場と、アンドレは自慢げに紹介しながら案内をします。

「こうしてこの町で作られた商品が外へ運ばれ、金に変わります。われわれの豊かな暮らしは、彼らの労働によって実現しているのです」

ぶひん、ぶひんと自慢げに鼻を鳴らしました。

「このぐずでまぬけでどうしようもない労働豚め！　ぶひっ、ぶひっ」

すぐ近くの工場の中から、豚と思しき怒鳴り声が聞こえてきました。すみません、すみません、と哀れな声も漏れてきます。アンドレは冷ややかに笑いました。

「まあ、たまにああいうやつもおりますがね。優秀な豚たちが労働豚どもを管理し、精神を叩きなおしておりますから、日々、生産性は向上していると言っていいでしょう」

豚に姿を変えられた人間を虐《しいた》げた上に成立している豊かさなんて、やっぱり健全とは言えないわ——赤ずきんは、はらわたが煮えくり返りそうでしたが、ぐっと我慢してアンドレについていきました。

「ねえアンドレさん」

赤ずきんの背中で、ピノキオが急にしゃべり出します。

「アンドレさんって、百歳を超えているって本当なのかな？　どうみても十歳くらいだけど」

ぶひん、ぶひん。こちらに背を向け、足を止めずにアンドレは笑います。

「われわれのことをよくご存じで。十歳のときに家を追い出され、いろいろあってマイゼン十八世に百年の命をもらってから、ちょうど今年で百年になるのです。ジルさんから聞いたかもしれませんが、明日、儀式を行いますので、よかったら見ていってください」

「わあ。本当なんだ、儀式って。いろんな魔法のグッズを使うんだろうねえ」

このままでは、ぼくの足を返してと言いかねません。赤ずきんがそんな心配をしていると、

「どうやらここが中心のようだね」

ジルが立ち止まりました。彼の前には、三メートルくらいの高さの柱が立っているのでした。柱には矢印の形をした板が三つ、それぞれの方向を向いて取りつけられており、《わらエリア》《木エリア》《レンガエリア》と書かれています。

「ブッヒブルクは、我々が初めに建てた三つの家を記念して、三つのエリアに分かれています」

アンドレの言うように、向かって左の《わらエリア》にはわらで作った建物、右の《木エリア》には木の建物が立ち並んでいます。レンガの建物よりは丈夫ではありませんが、それでもあちこちから鍛冶の音が聞こえてくるのです。

「兄の住居はこちらになります」

アンドレは《わらエリア》に足を進めていきます。歩いていて赤ずきんは一つ、妙なことが気になりました。

「どうしてこんなにハンモックがあるの？」

わらでできた建物のあいだや木々のあいだに、ハンモックがいくつもぶら下がっているのです。

「兄貴はとにかく昼寝が好きで、眠くなったらすぐに横になれるように、あちこちに設置してるんですよ」

アンドレがうるさそうに答えます。なんて怠け者なのかしらと、赤ずきんは少し脱力しました。

やがて、小さなサーカステントのようなわらの建物が見えてきました。壁には黒いペンキで「ピギー・マイケル」と書かれていました。

そして、そのドアの前に、ストライプのシャツを着て、赤いサスペンダーで半ズボンを吊り上げた、一匹の子豚が立っているのでした。

「アンドレ兄さん！」

「おお、パトリック」

三兄弟の三男のようでした。人形劇では「泣き虫パトリック」と呼ばれていましたが、そのとおり、なんとなく気の弱そうな顔をしています。

「こちらが昨日話した、ほら吹き男爵の息子のジルベルトさん。この子と人形は助手だそうだ」

パトリックは赤ずきんたちに「こんにちは」と挨拶をしましたが、なんとも不安そうな表情でした。

「パトリック、ちょうどよかった。ジルさんの許可証にサインをしてくれ」

「うん。それはいいんだけどさ……」と、パトリックはわらの家を振り返りました。

「マイケル兄さんに用事があって来たんだけど、出てこないんだよ。ドアに鍵がかかっていて、開かないしさ。大声で呼んでも返事がない」

「そんなのいつものことだろう？　おおい、兄貴！　マイケル兄貴！」

アンドレはドアをがんがん叩きましたが、たしかに反応はありません。

「どうせ眠りこけているんだろう。ああそうだ。裏に回って窓を開けよう。前にもこういうことがあったんだ。あの窓はベッドのすぐ近くだから、起こすことができるはずだ」

アンドレについて、一同はぞろぞろと、その丸い建物の裏側へと回ります。ピノキオの頭がようやく入るくらいの小さな窓がありますが、わら束を結びつけて作った戸が閉まっていました。アンドレに命じられ、パトリックがその窓を開けます。

「兄さ……えっ？」

背伸びして中を覗いたパトリックが固まりました。

「どうしたんだよ」

「変だよ。マイケル兄さん、ベッドじゃなくて、床にうつ伏せになってる」

「わはは。酔っ払って転げ落ちたのか」アンドレはパトリックの隣に立ち、中を覗きました。「おい兄貴！　飲んだくれのマイケル兄貴！　ん？　あれは……」

「血だよ！　アンドレ兄さん！　マイケル兄さんの体の下に、血が！」

とたんに、不穏な空気になりました。

「どうしよう兄さん。こんな小さな窓からじゃ、中に入れないよ」

「わらの家でしょ？　壁を破ってしまえばいいんじゃないの？」

赤ずきんは提案してみましたが、「あ？」とアンドレが睨みつけてきました。

「わらといっても、ちゃんとモルタルで固めてあるんですよ」

パトリックがすぐさま言いました。赤ずきんは、壁のわらをかき分けてみます。たしかにモルタルで固めてあって、破ることはできません。

「ドアをこじ開けるしかないんじゃないかな？」ジルが言いました。「何か道具はないのかい？」

「大工のカテンを呼んでこよう！」

叫ぶが早いか、パトリックは走り去っていきました。

五分ほどして、パトリックは曲がった鉄の工具を携《たずさ》えた豚とともに戻ってきました。黄色い毛が生えているので、元は人間です。

カテンというその労働豚は、工具の端をドアの隙間に差し込み、ぐいっ、ぐいっ、と力を入れます。すぐに鍵が壊れる音がして、ドアが開きました。

「兄さん！」

まず飛び込んだのはパトリックでした。次いでアンドレ、ジル、赤ずきんと入っていきます。

家の奥のほう、ベッドの脇の床にわらが敷かれていて、その上に寝巻姿の子豚がうつ伏せになっています。体の周囲のわらが赤黒く変色していました。子豚のそばにはリンゴが三つと、小さな麻の袋が一つあります。麻の袋からは、ゴマがこぼれ出ていました。

「マイケル兄さん！」「兄貴！」

パトリックとアンドレが駆け寄って抱き起こすと、体の下のわらから、鈍く光る刃が屋根に向かって垂直に立っているのがわかりました。アンドレが刃の周りのわらを除けると、わらを編んで作った床に穴があけられ、刃を上に向けたナイフの柄がそこにすっぽり嵌《は》まっているのです。わらが変色しているのは、血を吸ったからに違いありません。

「また死体だ！」ピノキオが叫びました。「赤ずきんに任せるといいよ。こういうの、得意だから」

「『こういうの』って言わないの！」

そう答えつつも、赤ずきんはまず鼻をひくつかせます。ぷーんとアルコールの臭いが漂っていました。中央の太い柱と屋根の梁《はり》だけが木材で、あとはすべてわらでできている家の中を見回します。

奥の、小さな窓の下の壁にぴったりつけられるようにベッドが置かれ、シーツの上にはしわしわになった掛け布団がありますが、そのシーツと掛け布団にまたがって円を描くように、大きなシミがついています。

ワインのシミのようね、こぼしたのかしら——と布団をめくると、その下にはシミがありませんでした。さらに家の中を観察します。ベッドの他には箪笥《たんす》とテーブル。テーブルの下にワインの瓶が数本——。中央の柱には、はしごが立てかけられていますが、どこに登るのでしょう？

「強盗じゃないか？　何か盗まれているものは？」

ジルが言いますが、すぐにパトリックが否定しました。

「マイケル兄さんはただただ、遊んで怠《なま》けて暮らしたい性格です。町の利益の三分の一は兄さんに入る取り決めになっていますが、お金が入るとすぐに散財して、この家には金目の物はありません」

「銀のブドウのネックレスは？」

赤ずきんが訊ねると、「んっ？」とアンドレがまた睨みつけてきました。

「狼からあなたたちが奪った、魔女に言うことを聞かせることができる銀のブドウのネックレスよ。長男のマイケルさんが持ってるんじゃないの？」

「奪ったなんて心外ですね。あれは、俺たち健気《けなげ》な三兄弟へ、天が与えたプレゼントですよ」

ぶひっ。下品に笑うアンドレの顔には、かけらほどの健気さも感じられませんでした。

「あんなに大事なものの管理を兄貴になんか任せられませんよ。ずっと俺が預かってます」

「そうだったの」

「百年も一緒にいるが、本当によくわからない道楽者の兄貴でした。最近は道楽でこんなものを作りまくって、町のあちこちに置いていました」

アンドレが足元にあった、わらの箱を取り上げました。カフェにもあった覗き箱です。アンドレはそれを覗き、取っ手をくるくる回し、「豚がワルツを踊ってるぜ」とまた鼻で笑いました。

「……まあ、強盗なら鍵をかけて出ていくこともないでしょう。これは事故ですよ。見てください」

アンドレが指さしたのは、死体のそばに転がっていたリンゴでした。

「兄貴は、床に立てたナイフめがけてリンゴを放り投げて刺すっていう遊びが好きで、酔っぱらうとよくやっていたもんです。昨日もワインを飲みながらそれをやっていたけど、ナイフをそのままにしてベッドの上に寝転がり、寝てしまった。で、寝返りを打って床に落ち、ぐさりってとこでしょう」

「なんてことだろう！」パトリックが頭を抱えました。「明日になれば、もう百年の命が与えられるっていう日に！」

赤ずきんは頭上を見ます。と――、屋根の下に渡された梁の一部に違和感を覚えました。梁から何本か、わらが垂れ下がっていて……いや、わらの屋根の下にあるためにそう見えますが、よく見ればわらではありません。もっと細くてもっと柔らかい植物の繊維のようです。

「ジル、あれを取れる？」

ジルは不思議そうな顔をしながらも、背伸びしてそれを取りました。

「これは……」

「トウモロコシのひげじゃない？」

「ああそうだ。間違いない」

それを聞いて赤ずきんは、やっぱり、とうなずきました。

「これは、事故じゃないわ」

きっぱりと断言した赤ずきんに、みんなが注目しました。

「巧妙なトリックによる、殺豚《さつぶた》事件よ」

3.

この赤ずきんとかいう娘はいったい、何を言い出すのか……アンドレは腹立たしくてしょうがありません。ほら吹き男爵の息子の助手だかなんだか知らないが、こんな娘に、マイケルを殺した方法を見破られるわけがない——そう思いました。

「ベッドの上を見て。掛け布団とシーツにまたがるようにワインのシミがあるでしょう？」

「それがどうしたというのです？　どうせ兄貴がこぼしたんですよ」

アンドレが言うと、赤ずきんは「もちろんそうでしょうね」と言いながら、布団をめくりました。

「でも見て。布団の下にはワインのシミはない。シーツと布団にまたがるシミの形がこれだけぴったりあうってことは、ワインをこぼしたあと、布団は動かされなかったということだわ」

「ということは、どういうこと？」

ピノキオとかいう木の人形の問いに、赤ずきんは自信満々に答えました。

「マイケルさんは昨晩、ベッドでは寝ていないということよ」

アンドレの背中に冷汗が浮かびます。そういえばこの娘、さっき梁の上から何かを取ってもらっていました。まさか……残っていた……？

「ベッドで寝ていないということは、ベッドから落ちてナイフに刺さったという見立ても誤りだということだわ」

「兄はどこで眠ったというのです？」

パトリックの質問を受けた赤ずきんは、天井の梁を指さします。

「ハンモックよ」

嘘だろ……アンドレは驚いて言葉もありません。

赤ずきんが続けました。

「昨晩、マイケルさんは誰かさんにこう言われたの。『新しいハンモックを手に入れたからプレゼントしたい。本当に素敵なハンモックだから誰かに盗まれないよう、あなたの家の中に吊りたい』ってね」

アンドレは耳を塞ぎたくなりますが、対照的にジルベルトは、先が聞きたくてしょうがないという顔で「それから？」と先を促します。赤ずきんが得意げな顔で話を続けました。

「マイケルさんは、その誰かさんをこの家に招き入れた。誰かさんは『まず乾杯しよう』って、マイケルさんにワインを勧めてしこたま酔わせた。そして、マイケルさんが用を足しにでも行ったすきに、ナイフを床の穴に入れて垂直に立たせ、それを隠すようにわらを敷き詰めたのよ。マイケルさんが戻って来るや、ナイフのちょうど真上にあたる位置にはしごを使ってハンモックを吊り下げ、自分はもう帰るからきちんと戸締りをして寝るようにと言って家を出た」

なんということだ、とアンドレは叫びたい気持ちでした。赤ずきんはまるで、昨晩の自分の行動を一部始終見ていたかのようです！

「言われたとおりに内側から施錠をしたマイケルさんは、はしごを上ってハンモックに寝た。うつぶせになったのはマイケルさんの癖だったのかしらね。酔っていたマイケルさんが眠ったところを見計らって、誰かさんはそこの小窓を開け、あるものを中に入れてすぐ閉めた」

赤ずきんは右の掌を胸の前で開きました。ぶーんと一匹の虫がその手にやってきました。

「キビクイバエ？」

ジルベルトの問いに、赤ずきんはうなずきました。

「このハエはトウモロコシのひげが大好きなんでしょう？」

「そうか！」ジルベルトは梁を見上げ、手を打ちました。「ハンモックはトウモロコシのひげでできていたのか」

「そういうことよ。強度を失ったハンモックはどさりと落ち、マイケルさんは床で待ち受けていたナイフに刺されて死亡。残ったハンモックの残骸をキビクイバエが食べつくした頃合いを見計らって誰かさんは再び小窓を開け、別に用意していたトウモロコシのひげでキビクイバエをおびき寄せて外に出した。……トウモロコシのひげがちょっと残っていたのは、暗くて見えなかったのかもしれないわ」

「すごいや、赤ずきん！」

背中に背負われているピノキオが叫びます。パトリックもカテンも、赤ずきんの推理に、ただただ呆然としていました。アンドレの焦りは募るばかりです。

「誰かさんが誰かまでは特定できないけど、マイケルさんと仲良くワインが飲める相手でしょうね。誰か、心当たりはいないの？」

赤ずきんはいよいよ得意顔です。まずい。このままでは——アンドレは自分に疑いがかかる前に、先手を打つことにしました。

「そ、そういえば、タンタロンのやつが昨晩、兄貴と連れだって歩いているのを見ましたよ！」

「タンタロンって？」赤ずきんが訊きました。

「兄貴が最近、秘書のように使っている人間あがりの豚ですよ。そういや兄貴はずいぶん陽気でしたが、タンタロンの目つきは険しかったなあ」

嘘でした。でも、一度ついた嘘はつきとおすしかありません。

「タンタロンのやつ、兄貴にいいように使われていましたからね、恨んでいたんでしょう」

「そのタンタロンのところへ行こう！」

ジルベルトが息巻き、「そうですね」とパトリックも同意します。ひとまず、疑いの矛先《ほこさき》は逸れたようでした。

しかしどうも流れがよくありません。もう次の手を打ってしまおうとアンドレは思いました。

「おいパトリック。タンタロンのところには俺が行っておくからいい。お前は町じゅうのこれを覗いて回れ」

わらの覗き箱をパトリックに差し出しました。

「覗き箱を？　どうしてさ？」

「実はマイケル兄さん、財産を使っちまった振りをしてどこかに貯めこんでいたらしい。その隠し場所のヒントを、町じゅうにばらまいたというようなことを最近俺に言っていたんだ。ひょっとしたら、この箱にあるんじゃないかと思ってな。兄さんは死んじまった。貯めこんだ財産は、この町の発展のために役立てようじゃないか」

「そうか、わかったよ」

本当にだまされやすい弟です。と、その後ろで疑わしそうな顔を向けている人物がいます。赤ずきん――この娘、要注意です。また計画に水を差されてはかないません。

「おい、ちょっと」

アンドレはパトリックに声をかけ、赤ずきんたちから離れました。弟にぐっと顔を近づけ、赤ずきんたちに聞こえないよう小声で告げます。

「ここだけの話、《木エリア》のポプリ保管庫の中にある覗き箱が怪しいと俺は睨んでいる。今すぐ行ってこい」

「え、ええ……？」

「いいか、誰にも見られないよう、かならず内側から鍵をかけて覗くんだぞ」

「う……うん」

自分でも、かなりあからさまだと思える念押しでしたが、パトリックは気づく様子もありません。つくづく鈍感なやつです。

「ポプリ保管庫って何？」

足元で声がしたので、アンドレはパトリックと同時にわっ！と驚きました。あの、ピノキオの顔がそこにあったのです。

「ごめんなさい、うっかり落として転がってしまったの」

近づいてきた赤ずきんがそれを拾い上げます。この娘、わざとこの人形の頭を転がし、こちらの会話を盗み聞きさせたに違いありません。本当に気味の悪い人形……とここで、アンドレはあることに気づきました。

「赤ずきんさん、つかぬことを伺いますが、そのお人形はタマネギザクロでできているのではないですか？」

「ええそうよ。実はこの人形の足を探しているの。アンドレさん、心当たりはないかしら」

ああ、そういうことか！　すべてがつながりました。この娘は、ジルベルトの助手などではないのでしょう。しかし、今、それを質《ただ》すのは得策とは思えません。アンドレの頭の中にはすでに、新しい邪悪な計画が組み上がっていました。

「ありますとも」

「えっ、本当に？」

「なんといっても私は《木エリア》の支配豚ですから木には詳しいのです。わがエリアの《ホテル・ウッディ》にお部屋を用意します。すぐにそのお人形の足をお持ちしますので、そちらでお待ちください」

ブッヒブルクのピギー・アンドレをだまそうだなんていい度胸です。それならこちらも意趣返し。アンドレは、自分の賢さにほれぼれするばかりでした。

4.

《ホテル・ウッディ》は木造の三階建ての建物でした。その三階のスイートルームで、赤ずきんはベッドに腰掛け、今しがたやってきたジルと話をしているところです。上半身だけのピノキオは、窓際のテーブルの上に置かれたままでした。

「それにしても、また不思議な事件に巻き込まれたね」

マイケルの死体を発見してから、二時間が経っていました。そのあいだ、ジルはアンドレにくっついて、タンタロンという男のもとを訪れ、聞き込みをしていたのです。赤ずきんも行きたかったのですが、アンドレがホテルにいろとしつこいし、長旅で疲れたので言われるままにしていたのでした。ちなみにジルは、赤ずきんのすぐ下の部屋に泊まっているとのことでした。

「タンタロンはとっても弱気な豚で、おどおどして視線は定まらないし、質問されたことにも明確に答えないし、常に手をこんなふうにやっているんだ」

ジルは両手の指を合わせ、人差し指だけをくるくる回しました。

「マイケルが死んだと聞くと動揺して、『神よ神よ。私は知りません』の一点張りだよ。嘘つき学を専攻している身から言わせてもらうと、あんな臆病な豚が嘘をつくのは無理だね。彼はやっていないよ」

「そう」

赤ずきんは答えます。

ジルが笑いながらわらの覗き箱を覗きます。この部屋にも、初めからテーブルの上に置いてあったのでした。

「わあ、面白い。豚が逆立ちしてパン生地をこねているよ！」

「なんなの、その箱？」

「わからないけど、面白いからいいじゃないか」と枕元に覗き箱を置くと、ジルは立ち上がりました。「さあ、また嘘のサンプルを集めに行ってこようかな。あとで来るよ！」

慌ただしく、部屋を出ていきます。

「行っちゃったね」

ドアが閉まったあとで、ピノキオが言いました。

「学問や研究って面白いことなのかなあ」

「さあ、私にはわからないわ」

「でも、ジルはずいぶん楽しそうだな。ぼくも人間になったら、学問とか研究とかしてみようかな」

「サーカス見たさに教科書を売り飛ばしちゃうような子には無理よ」

「もうそれは反省したんだ。人間って、反省するんだろう？」

「しない人間もいるわよ。……ところで、あんたの足はまだなのかしら」

アンドレの慇懃《いんぎん》な態度が赤ずきんの頭に浮かびます。ワインレッドのジャケットを着たあの子豚、どこか胡散《うさん》臭い雰囲気があります。

——ばたん！

勢いよくドアが開いたのは、それから五分もしないうちでした。ベッドに寝転がっていた赤ずきんは、アンドレかしらと身を起こし、背中が凍り付くほど恐ろしくなりました。

部屋に入ってきたのは、フード付きの黒いマントを着込んだ、骸骨のように痩せて背の高い女の人でした。長い髪の毛はおぞましいほど白く、その両肩に、黒猫とヒキガエルを乗せています。——間違いありません。

「あ、あなたは……」

赤ずきんは、震える声で言いました。

「マイゼン十九世……」

「へーえ、あなた、私を知っているの？」

らんらんとした黄色い目を細め、彼女は訊ねました。

「ええ……。ヒルデヒルデの魔法の鏡で見たもの」

「ヒルデヒルデ！」

マイゼン十九世は目を見開きます。ぐなーご、と黒猫が鳴き、ぐがごとヒキガエルが唸ります。

「あの落ちこぼれの知り合いなの？」

「そうよ。彼女は今、アプフェル王国のお妃さまだわ。私は友だちよ」

「そうかいそうかい。それならもう、問答無用ね。子豚と魔女との契約を邪魔する赤ずきんめ！」

黒い爪の長いその手には、いつのまにか禍々《まがまが》しくねじれた銀色の杖が握られています。

「グベルン・グベルグゲスカ！」

呪文《じゅもん》と共に杖の先から閃光《せんこう》が放たれ、びびりっと赤ずきんの体に衝撃が走りました。

次の瞬間、赤ずきんの視界はおかしなことになっていました。

さっきまでいた《ホテル・ウッディ》には変わりありません。ですが、床に近い位置から、マイゼン十九世を見上げているのです。マイゼン十九世がずいぶんと巨大に見えました。

「あああ、赤ずきん、トカゲになっちゃった！」

うわずったピノキオの声が聞こえてきます。慌てて自分の両手を見ると、気味の悪いトカゲの前脚になっていました。

「ふふふ、ヒルデヒルデの友だちなら知っているでしょう、生き物を思いのままの姿に変えることができる、私の魔法を！」

「ひどいわ。どうしてこんなことをするの？」

「そうだ、赤ずきんを元に戻せ！」

ピノキオが叫びます。

マイゼン十九世はぐふふと笑い、黒猫がぐなーごと鳴きました。

「威勢のいいタマネギザクロだこと。ランベルソで盗んだあなたの体を分解して道々落とし、ブッヒブルクまでおびき寄せたかいがあったわ」

赤ずきんははっとしました。

「おびき寄せた、ですって？」

「そうよ。《親指一座》のテントからタマネギザクロの人形を盗んだまではいいけれど、儀式に必要な分量にはわずかに足りないことに途中で気づいたの。それもそのはず、頭と右腕を持って行かなかったんですもの。私の持っている体をあんたたちが追いかけてくることに気づいたから、いっそのこと儀式を行うブッヒブルクまで運んでもらおうと思ってアプフェル王国で左腕を落とし、ハーメルンで胴体を落としてきたのよ」

なんということでしょう。ピノキオの体を取り戻す旅をしているつもりが、ここ、ブッヒブルクにおびき寄せられていたというのです！

「儀式というのは、子豚たちに〝百年の不老不死〟を与える儀式のことね？」

「あの儀式にはタマネギザクロを燃やした煙が必要なの。ここ最近、タマネギザクロは手に入りにくくてね。まったく、こんな木で人形を作ろうなんて、酔狂なやつがいるわ」

マイゼン十九世に睨まれ、ピノキオは怯えきっています。赤ずきんは問いました。

「どうして？　どうしてあなたは子豚たちの言いなりなの？　やっぱりあの銀のブドウがあるから？」

マイゼン十九世の顔がわかりやすく歪みました。

「……うるさいね」

「あなただって、本当はおかしいと思っているんじゃないの？　お金で売られてきた人間を豚の姿に変えて働かせるなんて。必要な額を稼げば解放されるなんて言っているらしいけれど、全部嘘なんでしょう？　豚が魔女をこき使い、人間を虐げるなんてやっぱり馬鹿げているわ」

「馬鹿げていてもしかたがないんだよ！」

マイゼン十九世は目を剝きます。ぐががご……ヒキガエルは驚いているようでした。

「ああ、叫ぶと頭が痛いねえ……タマネギザクロはもらっていくわ」

マイゼン十九世が手を伸ばすと、ピノキオは「やだやだ！」と手を振って抵抗しました。

「おとなしくしろっ！」

杖の先から、今度は小さな竜巻がいくつも現れました。びゅるびゅるびゅると刃物のように鋭い音を立て、竜巻はピノキオに襲いかかります。

「ピノキオ！」

「赤ずきん、たすけ……うわぁっ！」

シュビシュビ、シュビン！

なんて無残なのでしょう！　抵抗する術を持たないピノキオは、手も胴体も、それどころか顔さえも、一瞬にしてバラバラに切り裂かれ、部屋中に散らばってしまいました。

「まったく、余計な手間をとらせて。まあ、細かいほうが燃えやすくていいんだがね」

マイゼン十九世は黒い袋を取り出し、ゆうゆうとピノキオのかけらを拾い集めていきます。そして、きゅっと黒い袋の口を結ぶと、黒い唇に笑みを浮かべ、何も言わずに部屋を出ていきました。ぎがこ、というヒキガエルの声を残して。

あまりにショッキングな出来事に、赤ずきんはしばらくのあいだ何もできませんでした。

「……アンドレの仕業ね」

マイゼン十九世の消えたドアを眺め、赤ずきんはつぶやきました。

「やっぱり、アンドレがマイケルを殺したのよ」

うすうす疑惑を感じていましたが、ここに至って確信に変わりました。アンドレなら、マイケルにワインを飲ませて油断させることもたやすいはずです。さっき推理を披露しているとき、そわそわしていたような気もします。

きっと、赤ずきんがわらの家の密室トリックをいとも簡単に見破ったので、危機感を抱いたのでしょう。ピノキオの足をエサに赤ずきんをこの部屋にとどめておき、マイゼン十九世を差し向けたのです。

ああ、それにしても——赤ずきんはもう一度、トカゲになった自分の両手を眺めました。今度ばかりは、絶体絶命です。このままでは、バラバラにされてしまったピノキオは儀式のために燃やされてしまいます。助けに行きたくても、元の姿に戻る方法すらわかりません。こんなことになる前に、どうしてアンドレの悪行をもっとしっかり暴かなかったのか……悔しくて寂しくて情けなくて、泣きたくなりました。

そのときでした――。

「赤ずきん、赤ずきん」

驚いたことに、部屋のどこかからピノキオの声が聞こえました。部屋をきょろきょろと見回すと、なんとサイドボードと壁のわずかなすき間に、ピノキオの一部が転がっていたのです。

「ピノキオ！」

ちょろちょろと這い寄ります。トカゲというのは意外と早く走れるものだと赤ずきんは知りました。

ピノキオの顔は鼻から上が斜めにすっぱり切られてしまっていました。マイゼン十九世が気づかずに忘れていったのでしょう。鼻と口と顎、それに左耳の部分が残っています。

「私の声は聞こえるの？」

「聞こえるよ。でも目は袋の中に入れられちゃったから、なんにも見えないや」

しかしとりあえず、ピノキオの一部でも残されているのは心強いことです。

「ん？　あれ？」ピノキオが言います。「何か聞きおぼえがあるなあ。女の人の、甲高い歌声」

　赤ずきんは耳をすましましたが、

「聞こえないわ」

「じゃあきっと、赤ずきんの前に残っていない右耳から聞こえてるんだ。マイゼン十九世が歩いている近くに歌手がいるんだよ。『わたしは〜、シドレーヌ〜♪』」

　ピノキオの歌はへたくそでしたが、赤ずきんを飛び上がらせるには十分でした。

「シドレーヌ？　それってハーメルンで相部屋になった彼女じゃない？」

「ああ、そうだ、あの人の歌声だ！　そういや、ギターやドラムやアコーディオンの音も。あっ。ソランの『みゃみゃみゃ』って笑い声も聞こえる」

　ブレーメンバンドがこの町に来ているというのです。なんとかして彼らの助けを得ることはできないでしょうか。しかし、ピノキオの口はこの部屋にあるため、叫んでも聞こえないでしょう。

　赤ずきんは残された顔のかけらを見て、これ幸いと思いました。鼻はあります！

　トカゲになってしまった頭をピノキオの顎に当て、前脚で、鼻の先がちょうど開いている窓に向くように顔の角度を変えました。そして、

「ピノキオ、嘘をつくのよ、思いきり」

　指示しました。ピノキオは一瞬「えっ」と戸惑いましたが、

「ぼくは空を飛べる。力は象より強いし、泳げばカジキより速いんだ」

にょーん！　ピノキオの鼻が伸びました。

「もっともっと、とんでもない嘘を、思いつく限りたくさん言って！」

「ぼくは気に入らないことがあると爆発する。こないだなんて山を吹っ飛ばしちゃって、実っていた二千個のリンゴが焼きリンゴになっちゃってね、おいしそうな匂いにつられて世界中の鳥が飛んできたんだ。コンドルもフラミンゴもペンギンもだよ。それで空が暗くなったから、夜だと思った泥棒が……」

にょ〜〜〜ん！　ピノキオの鼻は窓から出ていき、雲にたどりつくくらいに長く長くなりました。

5.

「お前、本当に赤ずきんなのか？」

ロバの被り物の向こうから、ドレイツェルが訊ねました。犬のミファンテ、猫のソラン、そして、歌姫のシドレーヌもいます。ハーメルンでの一件をきっかけにブレーメンバンドに加入したという彼女は、顔全体を覆う被り物には抵抗があるそうで、ニワトリの顔を模した帽子を被っているのでした。

四人は赤ずきんがハーメルンを発った翌日、評議会の他のメンバーの許しを得て三か月の音楽修行に出たとのことでした。それでブッヒブルクにたどり着き、演奏させてくれるところを捜し歩いていたところ、空高く伸びていく木の棒を見かけたというのです。赤ずきんの思惑通り、それがピノキオの鼻だと気づいてくれたのはミファンテでした。

「そうよ。本当に私、赤ずきんよ」

「驚愕《アンビリーバブル》。まるで恐ろしい悲劇《あくむ》じゃないか」

「でも、たしかに赤ずきんの声だみゃ」

ソランが被り物を取りながらいいました。ピノキオが「嘘をつきました、反省しています……」と鼻を元に戻している間に、赤ずきんは早口で、これまであったことを話しました。

「そういえば今年は百年目でしたね」

ミファンテが納得したようにうなずきます。

「ブッヒブルクの子豚の三兄弟がその昔、魔女と契約して老いない体を手に入れたことは知る人ぞ知る話です。その老いない体を更新するため、百年ごとに魔女の子孫がやってきて儀式をするのです。その儀式にはタマネギザクロの木が必要なのですが、百年前と比べて、魔女業界でも手に入れにくくなっているとのこと。恐らく、ピノキオに目を付けたのはそういういきさつからでしょう」

ミファンテはハーメルンのことだけでなく、周辺地域の歴史にも詳しいようでした。

「その、老いない体を得る前に、長兄のマイケルが死んでしまったということか？　いったいどうなってるんだ？」

ドレイツェルが顔をしかめます。

「次男のアンドレは非常に強欲だといいます。その欲のため、最近では兄弟仲が悪くなっていると、噂で聞きました」

「やっぱりね」

「やっぱりって、どういうことだみゃ、赤ずきん？」

「私は、マイケルを殺したのがアンドレじゃないかと思っているのよ。きっと、私の存在に危機を感じて、ピノキオを回収するついでにこんな姿にしたんだわ」

しゃべっていて、また悔しくなってきました。なんとかアンドレの悪行を暴いてやれないものでしょうか。

「わあ、子豚が逆立ちしてパン生地をこねているわ」

突然、ニワトリ帽子のシドレーヌが言いました。あの、わらでできた箱の穴を覗いているのです。

「覗き箱か。俺も昔はよく覗いたものだ」

ドレイツェルが懐かしみます。

「それ、最近、この町のあちこちに置かれているって、誰かが言ってたよね」ピノキオが言います。「マイケルが財産のありかのヒントを示すために置いたんじゃないかって」

「それもアンドレが言ってたのよ。本当かどうか、怪しいわ」

「そういえばさっき、アンドレは弟のパトリックに、町じゅうの覗き箱を覗くように命令していたね。《木エリア》の、なんとか保管庫が特に怪しいって言ってたけど」

「なんでそこなのかしらね」

何の気なしに赤ずきんは答えましたが……

「えっ!?」

飛び上がりました。もしアンドレの腹のうちに、そんな邪悪な計画があるのだとしたら。

「ピノキオ！　何の保管庫って言ってたのよ？　思い出しなさい」

「え、えええと……ポプリだ！　ポプリ保管庫だ！」

トカゲになっても、赤ずきんの頭脳は変わりません。アンドレの思惑が見え、そしてそれに対する作戦が、まるでひとりでに家ができるように組みあがっていきました。この作戦を始めるにはまず……

「ねえ、ブレーメンバンドのみんな、お願いしたいことがあるの」

6.

あたりは夕闇に染まっています。

木の屋敷のテラスで揺り椅子に揺られながら、アンドレはウィスキーを飲んでいました。赤ずきんをトカゲの姿に変え、ピノキオの体をバラバラにして回収したとマイゼン十九世から報告を受けたのは、午後二時のことでした。首尾よくすべてをこなす頭痛もちの魔女の仕事っぷりに満足しながら、まだ油断はできないとアンドレは思っていました。

ブッヒブルクに毎年流れ込む、巨額の財産。それを独り占めするには、パトリックがまだ邪魔です。あいつを殺さないことには、計画は完遂しないのです。

はたして仕掛けはうまく作動し、弟を殺してくれたのか……

「あれだけ周到に用意したんだ、大丈夫だろう」

独り言をつぶやきつつ、皿の上のビスケットをわしづかみにして口に放り込み、ばりぼりと噛み砕きました。老いない体を更新する儀式は明日の夜。次の百年はもっともっと贅沢なものになるでしょう。ぐふ、ぐふふふ……笑いがこみ上げてきます。

と、そのとき、目の前の道をざわざわと豚と労働豚が一緒になって通り過ぎていくのが見えました。

「大変だ大変だ」「またこんなことが」

何やら穏やかならぬ様子です。その中に、大工のカテンがいました。

「おいカテン。何の騒ぎだ」

「はっ」カテンは立ち止まり、アンドレのほうに向きなおります。「《木エリア》のポプリ保管庫で、また死体が！」

やったぞ！　アンドレは揺り椅子から身を起こしました。

「内側から鍵がかけられているのですが、小窓から中に死体があるのが見えるそうで、ドアをこじ開けるために、私がまたパ、ト、リ、ッ、ク、さ、ん、に、呼、ば、れ、た、ん、で、す」

アンドレは、頭を殴られたような気になりました。

「パ、パトリックに呼ばれただと？　死んだのはパトリックじゃないのか？」

「違いますよ。とにかく、急ぎますので」

「待て！」

アンドレはグラスを置き、カテンのあとを追いかけました。

問題のポプリ保管庫は、《木エリア》のほぼ端に位置する、小さな小屋です。半世紀ほど前、ポプリを作るのが得意な豚に事業の事務所として与えたのですが、二十年前にその豚が死んで事業が潰れて以来、物置になっているのです。

ドアのそばで心配そうにたたずんでいるパトリックに、アンドレはつかみかかります。

「どういうことだ。なぜ……」

お前が死ななかった?という言葉がのどまで出かかりました。

「この保管庫に死体があるんだ?」

「わからないよ。僕が訊きたいくらいだよ」

パトリックが答える後ろで、カテンがドアを壊す音がしました。ざわざわと周りの豚たちがざわめきます。みな、黄色い毛の生えた労働豚です。

「何を見ている、うすのろども! 手伝わんか!」

アンドレが怒鳴りつけると、彼らは慌ててドアに飛びつきます。やがてバリバリと音を立て、ドアが引き剝がされました。

アンドレは中に入りました。

中央に木の机が置いてあり、その前の椅子に人が座っています。

ほら吹き男爵の息子、ジルベルトでした。背もたれに体を預け、両手をだらんとさせ、天井を仰いでいます。その右目に、アンドレが仕掛けた毒矢が突き刺さっているのでした。

「ジルベルトさん、ジルベルトさん!」

駆け寄ったパトリックが揺さぶりますが、まったく反応はありません。アンドレはジルベルトに近づき、その鼻と口元に手をかざしました。息はしていません。首に手を当てても脈動がありません。右目からは血が流れ、左目の瞳孔《どうこう》は開いています。——まぎれもない、死体です。

「ジルベルトさん、どうして……」

呆然とするパトリックの足元に、わらでできた覗き箱が転がっているのが見えました。アンドレはそれを拾い上げ、「これだ」とつぶやいて見せました。

「ここのところ、マイケル兄貴が町じゅうに置いていた覗き箱だ」

「ねえ、アンドレ兄さんはそう言うけど、本当にこれ、マイケル兄さんが作ったのかな?」

パトリックは本当に空気の読めないやつです。

「わらでできてるんだから兄貴のに決まってる!」

言いながら、力任せにそれを真っ二つにちぎりました。中からばねの仕掛けが出てきます。

「見ろよ。ここに矢が仕掛けられていて、覗いてボタンを押したら飛び出す仕組みだ」

忌々しく思いながらも、アンドレは自分で作ったわらの覗き箱のからくりを早口で述べ、「そうか!」と手を打ちました。

「マイケル兄貴は俺を殺すつもりだったんだ。町じゅうに置かれていた似たような箱はカモフラージュさ。俺はたまに、このポプリ保管庫で休憩するからな。これを置いときゃ、いつか覗くと思ったんだろう。あの怠け者の兄貴め、俺を殺して利益を増やそうっていう魂胆だったんだ」

アンドレを見るパトリックの視線。だまされやすい弟ですが、疑念が湧いていないとも限りません。

アンドレはその肩をぽんぽんと叩きました。

「危なかったなパトリック。この箱を覗いていたら、お前が死ぬところだった」

「そ……そうかな」

「そうさ。この貴族の息子には災難だったが、かけがえのない弟が助かってよかったぜ」

心にもない発言でした。

本来のシナリオでは、これでパトリックが死ぬはずだったのです。まずマイケルが事故死。そのマイケルが生前残していた邪悪な仕掛けによってパトリックも事故死。それで無事にこの町の利権はすべて自分のもとに転がり込む――。それがうまくいかない計画に、アンドレはいらいらしはじめていましたが、パトリックや周囲の市民たちにばれてはいけません。

「とにかく、起きてはいけない不幸が起きてしまった。お前たち、ジルベルトさんの死体を運んでおけ」

「はっ！」「はいっ！」

外で心配そうに見守っている二匹の労働豚を睨みつけました。ジルベルトに背を向け、アンドレは窓を見ます。空気を入れ替えるだけの小さな窓。掛け金は外れていて、こちらに開きますが、こんな小さな窓からでは人間の片腕しか入れることはできないでしょう。やはりジルベルトはこの部屋に入り、内側からドアの鍵をかけ、覗き箱を覗いて死んだのです。好奇心の旺盛な若者でしたが、本当に余計なことをしてくれるものです。

「……俺はもう帰る」

「えっ、待ってよ」

パトリックが不安げに引き留めました。

「帰るって言ってるだろ！　明日は大事な儀式の日だからな」

アンドレは焦っていたのです。パトリックを亡き者にする、確実な計画を練り直さなければなりません。今夜すべての時間を使って、じっくりと——。

7.

大工のカテンはいつも、朝の五時に目を覚まします。

顔を洗い、身支度を整え、わずかばかりの朝食を食べ、出勤するのは五時半のこと。マイケルが亡くなり、よそからやってきた人間が一人亡くなったのに、日常は呆れるくらいいつもどおりです。

今日は《レンガエリア》から採油所へ架かる橋の強化作業です。豚の親方たちより先に行って準備を済ませておかないと、ひどく殴られるのです。いそいそと歩き、レンガ倉庫の脇の道を抜けようとしたときでした。

「おや」

カテンは足を止めました。レンガ倉庫の小窓から光が漏れているのです。この倉庫は二十年ほど前、子豚三兄弟の三男、パトリックが一人で作りました。パトリックはいまだに自分でレンガの建物を作るのを趣味としており、そのためのレンガやモルタルを置いておくためのものなのです。

「パトリックさん、こんな早くから何をしているんだろうか」

独り言を言いながら窓を覗き、カテンは仰天しました。天井の梁から垂れ下がったロープの先に、こちらに背中を向けて子豚が一匹ぶら下がっているのです！　身なりがずいぶん立派なので、人間が姿を変えた豚でも、親方豚でもありません。

「パ、パトリックさん！」

窓は鍵がかかっています。ガラスを壊したところで、この大きさでは通り抜けることは不可能です。表通りに面したドアに回りました。ドアは中に向けて押し開けるタイプで、鍵はかかっていませんでした。しかし、

「あれ？」

わずかに開いたところで、何かに引っかかりました。思い切り体当たりしてもそれ以上は開きません。ドアのすぐ向こうに、重量のあるものが置かれているようなのでした。

「こりゃまた、ドアを壊して外すしかないのか……」

昨日も二件、同じことをしました。幸い、工具を持っていましたので、蝶番《ちょうつがい》に食い込ませ、力を加えました。めりめり、めりめり……なかなか壊れません。朝から重労働です。やっと蝶番が壊れたときには、額にびっしょり汗をかいていました。ドアを脇へ除けると、

「なんだ、こりゃあ！」

カテンは叫びました。レンガの山があったからです。ただのレンガの山ならば押しのけることができますが、間にモルタルが入っていて、ぐちゃぐちゃに混ざっています。

モルタルは八割がた固まっており、押してもびくともしません。いったいなんでしょう、このめちゃくちゃに築かれたレンガの山は。とても建築に慣れた者の仕業とは思えません。

「どうしたんだ、カテン？」

振り返ると、仲間の大工が四人いました。

「中でパトリックさんが死んでるんだ」

「なんだってぇ？」

「丸太を持ってこい。このレンガの山を壊さなきゃ、入れん」

四人が慌てて《木エリア》から太い丸太を持ってきます。五人で力を合わせ、その丸太を抱えてレンガの山に突進します。

ずしーん！

「まだまだ！」

ずしーん！

徐々にレンガの山が崩れてきて、もう少しで入れそうだとなったとき、

「朝から何をやってるんだい？」

聞き覚えのある声がして振り返り、カテンはびっくりしました。ストライプのシャツ、赤いサスペンダー、半ズボン。パトリックがそこにいたのです！

「パトリックさん！」

「おかしいんだ、みんな。今朝起きたら、枕元にこのブドウが」

と、首から下げているネックレスを見せてきます。銀色に光るブドウ——アンドレが大事にしている、魔法封じのブドウです！

「ということは、中で死んでいるのは……」

「死んでいる？」

パトリックの顔色が変わりました。

それからパトリックも加わり、さらにずしーんずしーんと丸太を突進させます。がらがらとレンガの山は崩れ、中に入れるようになりました。

待ち受けていたのは、見るも無残な光景でした。

ぶら下がっているのは、アンドレでした。

太い首に、ロープがしっかり食い込んでいます。梁を支えとして、もう一方の端は床に置かれた麻袋に括《くく》りつけられていて、中には、アンドレの体重をはるかに上回るであろうたくさんのレンガが入っているのでした。

足元に置かれたランプからは煌々《こうこう》と光が放たれ、レンガの壁を照らしています。そこには、木炭で書かれたと思しきメッセージがありました。

マイケルを殺したのは俺だ。
俺はこのブッヒブルクの権力と富を独り占めしたかった。
だからパトリックも殺そうと思って毒矢を仕込んだ覗き箱を事務所に置いた。
俺とパトリックを殺そうと覗き箱を仕掛けたマイケルが事故死し、
マイケルの死後、パトリックが仕掛け箱で死ぬ。
そうして、不運にも二人の兄弟を亡くしてしまった俺にすべてが転がり込む。
そういうシナリオを描いていた。
だが、計画は失敗した。
無関係の客人を殺してしまった。
死んでお詫びするしかない。
パトリックよ、あとはお前に任せた。
魔法封じのブドウもお前に託す。
ブッヒブルクよ、永遠に。

アンドレ

「兄さん……そんな……」
パトリックが、がっくりと膝をつきました。

8.

草って、こんなにチクチクするものだったかしら？

《レンガエリア》の道の脇の草むらを這い進みながら、赤ずきんは文句を言いたくなりました。本当はレンガの道を歩きたいのですが、人々がせわしなく行き来していて、踏み潰されそうになるのです。

ようやく、パトリックのレンガ倉庫が見えてきました。

昨晩、《木エリア》のポプリ保管庫でジルの死体が発見されたという噂を耳にしたのですが、今朝になって今度は「アンドレが自殺したみゃ！」とソランが言ってきたのを聞き、赤ずきんはしまったと思いました。

一連の犯行はすべて、アンドレによるものだと思っていたのですから！

こうなったら自分で捜査をするしかありません。ピノキオやブレーメンバンドの反対を押し切って、一人でちょろちょろと出歩いてきたというわけでした。

壊されたドアが、出入り口のすぐ脇に置かれていました。入ると、破壊されたレンガやモルタルが散乱していました。これが邪魔で、ドアが開かなかったというのです。倉庫の出入り口って、内開きにするかしら……と軽い疑問が頭をよぎりました。

倉庫の中には遺体の見張りのためか、二匹の軍服を着た豚が槍を携えて立っていました。見張りに見つからずに現場に侵入でき、細かく観察できるのだから、トカゲの姿も捨てたもんじゃないわ、と赤ずきんは思いました。

首を吊った状態で発見されたというアンドレは倉庫の中央に横たえられていました。入って左側の壁に、木炭で書いたらしき遺書があります。マイケルを殺したこと、パトリック殺害が失敗したこと、謝罪の言葉などです。あのふてぶてしいアンドレが、こんな殊勝なことを書くかしら……赤ずきんの疑問はさらに膨らみました。

死体に近づきます。そばには木の椅子が倒れており、これを踏み台に使えばたしかに首吊り自殺ができないわけではないでしょう。

閉じられた目、よだれの垂れた口……その口から、アルコールの臭いがぷんぷん漂っていました。お酒を飲んだ勢いで自殺したというのかしら？　ちょろちょろと、手のほうへ這っていきました。力を失った手——前脚と呼ぶべきでしょうか——はきれいなものでした。今度は後ろ脚のほうへいき、靴を観察します。きっちり磨かれていて、ほこり一つついていません。

やっぱり……。

赤ずきんは確信し、死体から離れました。

今度は出入り口です。ドア枠に沿って上っていきます。

枠の上までくるとそのまま壁を上り、目地をしっかりと見ていきます。さすが慎重なパトリックが作った建物、レンガが正確に積まれていて、モルタルの量も均一です。

と――、出入り口のすぐ右側の壁の一部にモルタルの色が濃いところがありました。

赤ずきんは、そのモルタルを触ってみました。他のモルタルよりあきらかに、水分を含んでいます。

「……そういうことだったの」

思わずつぶやき、前脚で口をおさえました。いくらトカゲの姿だからって、声を出したら見つかってしまうかもしれません。幸い、見張りの二人には聞こえていないようでした。

赤ずきんにはすべてがわかりました。あとは、真相をどうやって暴いてやるかです。トカゲのままでは、誰も話など聞いてくれないでしょう――。

計画は、変更です。

9.

ブッヒブルクに再び夕闇が訪れようとしていました。

パトリックは、《レンガエリア》の中央、レンガの家の屋根に立ち、群衆を眺め回していました。その手には、銀色に光るブドウが握られています。

家の周りに集まっているのは軍服を着た豚たち。その周囲を囲むのが労働者階級の、豚に姿を変えられた人間たちです。ある者はたいまつを、ある者はランプを携え、百年に一度の儀式を今か今かと心待ちにしている様子でした。

ついに――ついにこの町の権力を手にする時がきたのです。

この家は、百年前に三か月をかけて作り、狼を茹《ゆ》で殺した、いわばパトリックの原点ともいえる場所です。目を閉じれば、あの日の光景がよみがえります。思い起こせばあのときから、二人の兄は何もやってこなかったのです。今、この町の唯一の指導者に自分が就任するのは、運命づけられたことだったのです。

おお、と群衆からどよめきがおこりました。煙突からもくもくと白い煙が出てきたのでした。いよいよです。

「ブッヒブルクの市民のみなさん!」

パトリックは叫びました。

「昨日から今日にかけて、本当に残念な事件が起きてしまいました。アンドレ兄さんがマイケル兄さんを殺害し、次にこの僕を殺害しようとして失敗し、自ら命を絶ったのです。アンドレ兄さんはこのところ、権力欲に溺れていました。三人で一生懸命作り、育ててきたこの町を、独り占めしようとしたのです」

群衆から嘆くようなため息がもれました。

「僕たちは本当に仲の良い兄弟でした。それを思うと、心から悲しい。でも、悲しんでばかりもいられません。ブッヒブルクはもっともっと発展を遂げていかなければなりません。今ここに、新たに僕は百年老いることのない体を手に入れ、二人の兄の分までみなさんのために働くことを誓います！」

銀のブドウのネックレスを天に掲げるパトリック。わああと豚たちのあいだから歓声が上がりました。

「では、今からマイゼン十九世による、百年の不老不死の儀式として、この煙に身を任せようと思います」

パトリックは煙突によじ登りました。白い煙に包まれ、目を閉じ、パトリックは満足感に酔いしれます。来るべき百年、いや、未来永劫、ただ一人の強権的な支配者として、このブッヒブルクに君臨するのです。富も名誉もみな、独り占めです。

すべて自分の思い通りになる豚たちを見てやろう——そう思って目を開き、

「あれ？」

パトリックはつぶやきました。

煙が思いのほか、少ないのです。わずか一筋ばかり……その勢いもみるみる弱まっていくのでした。火が消えてしまったのだろうかと、足元の噴煙孔に目をやったそのとき、ぬっ、と骸骨のような顔が現れました。

「ひっ！」

パトリックはのけぞりました。あやうく煙突から転げ落ちるところでした。

「マイゼン十九世。どうしたのです？　早くタマネギザクロの煙を……」

「もう、あなたの言うことは聞かないわ」

ぐなーご、と肩の上の黒猫が馬鹿にしたように鳴きました。

「な、なんですって……そんなことを言っていいのですか」

初めて会ったときから、この魔女の姿は苦手でした。でも今なら強気です。なんていったってこちらには、魔法封じのブドウがあります。

「これで、懲らしめてやってもいいんですよ」

と──そのときでした。

「やってみろよ」

じゃかじゃん。群衆の背後から、ギターの音が聞こえました。

「わたーしたちは、陽気な陽気なブレーメンバンドー♪」

ニワトリの帽子を被った細身の女性が、歌いながら群衆のあいだを歩いてきます。ロバ、犬、猫の被り物をした人間がそれぞれの楽器を演奏しながら続き、あれよあれよという間に、屋根に上がってきました。

「な、なんです、君たちは？」

「ブレーメンバンドさ。それよりパトリックよ、これを見ろ」

ロバが首に下げているネックレスを突き出します。それは今、パトリックの手中にあるものとまったく同じ、銀色のブドウのネックレスです！

「覚悟しろ、魔女め！」

ロバ男はネックレスをマイゼン十九世に向け、力を込めました。

「ぎゃあああっ！」

とたんにマイゼン十九世は弾き飛ばされ、三十メートルばかり離れたもみの木に打ちつけられました。ぐなっ。ぐがごっ。肩の上の黒猫とヒキガエルも揃って声をあげます。

「ど、どういうことなんですか？」パトリックは目が回りそうです。「ネックレスは二つあったの？」

「違う。こっちが本物なのさ。アンドレは偽物を作っていたんだ」

偽物？　パトリックは思わず、手の中のネックレスを見つめます。昨晩アンドレ兄さんの首から取ってきたこれが、偽物――？

「あっ！」

パトリックは気づきました。あの強欲な兄のことです。万が一に備えて偽物のネックレスを作らせ、あたかも本物のように首からぶら下げていたのでしょう。本物は、どこかに隠してあったに違いありません。そして、このロバ男はどういうわけか、そのネックレスを見つけ出したようなのです。

「どうだいパトリック？　これからもブッヒブルクを治めるには、これがどうしても必要だろう？　交換しようじゃないか」

ロバ男は、意外なことを言いました。

「こ、交換……いいんですか？」

「ああ、俺たちはブッヒブルクの三兄弟の大ファンなんだ。どうだろう、俺たちにステージを用意してくれないか。ブッヒブルクの新たな百年《みらい》に捧げる、最高の音楽《ハピネス》を披露《プレゼント》してやる」

パトリックは安心しました。

「お安い御用ですとも」

ロバ男が差し出す銀のブドウのネックレスを受け取り、パトリックは自分のネックレスをロバ男に渡しました。ロバ男は受け取るや否や、そのネックレスをぽーんと天高く投げました。はっし、とそれをキャッチしたのは、銀のほうきにまたがったマイゼン十九世です。

「ありがとよ！」

うふふふと笑い、マイゼン十九世はそれを懐にしまいました。

どういうことでしょう？　さっきもみの木に打ちつけられたというのに、なぜこんなに楽しそうなのでしょう。

パトリックはブレーメンバンドの面々を見ます。ロバ、犬、猫の三人は被り物をしているので表情は確認できません。もう一人のニワトリの女性も、無表情です。

ふ、ふ、ふふふふと笑い声が聞こえました。

「あなたはやっぱり、支配者の器じゃないわね、パトリック」

マイゼン十九世ではありません。この声は……

「赤ずきん？」

赤ずきんのやつはトカゲに変えてやったと、アンドレが言っていました。周囲を見回しますが、トカゲは見当たりません。

「どこを見ているの、ここよ、ここ」

ずいぶん近くで聞こえます。どこから声がしているのかわかった瞬間、パトリックは背筋が凍るかと思いました。

銀のブドウです。今、ロバ男が手渡してきたばかりのネックレスの銀のブドウがしゃべっているのです！

「マイゼン十九世、もういいわ！」

「グダルク・グガルガグニスキ！」

閃光が走り、パトリックの手の中のネックレスが、ぽん、と赤ずきんに変わりました。思わず投げ出し、赤ずきんはずしんと尻もちをつきます。

「いたっ！　女の子にはもっと優しくしなさいよ……」

「痛かったのは私も一緒よ。ほんの芝居のつもりだったけど、もろに背中を打ってしまったわ」

ひらりと屋根に降り立ちながら、マイゼン十九世は言いました。

「ナイスな反応《アクト》だったぜ、マイゼン」

「うるさい。もう二度とごめんだわ」

ロバ男とも赤ずきんとも、親し気です。そして、もみの木に飛ばされたのは、芝居だったというのです。

「マイゼン十九世……裏切ったのですか？」

訊ねるパトリックに、この恐ろしい顔の魔女は何も答えません。黒猫もヒキガエルも、知らん顔です。すると、その後ろから、「よいしょっと」と、何かがよじ登ってきました。その姿を見てパトリックはまた、驚きました。

「やあ、パトリック。自分の足で歩くって、やっぱり素敵だね」

あの、ピノキオというタマネギザクロの人形——つぎはぎだらけになっているものの、全身が揃った状態で立っているのです。

暖炉でタマネギザクロの人形を燃やすから、百年前と同じようにその煙を浴びるんだよ——。ついさっき、マイゼン十九世はそんなことを言っていたというのに！

「ねえ、パトリック」

赤ずきんが口を開きました。

「あなたのマイケルお兄さんは、どうしてわらで家を作ったの？」

「はい？　怠け者だからですよ」

混乱しながらも、パトリックは答えます。

「あなたのアンドレお兄さんは、どうして木で家を作ったの？」

「手軽に体裁のいい見た目の家が作れるからですよ。火災のことなんて何も考えてないんだ」

「じゃあ」

パトリックの鼻先に、赤ずきんは人差し指を向けてきました。

「あなたの犯罪計画は、どうしてそんなに杜撰なの？」

パトリックは言葉に詰まります。赤ずきんは群衆のほうを向いて大声を張り上げました。

「みなさんにも聴いてほしいわ。この町を支配していた子豚のアンドレが、そしてその弟のパトリックが、いったい、何をしたのか」

10.

群衆の、赤ずきんを見る目は怪訝そうでした。

たたん！　ミファンテが気をきかせてドラムを叩きました。ドレイツェルのギターとソランのアコーディオンが加わり、小気味よい音楽が流れ始めます。

いい演出です。赤ずきんは再びパトリックのほうを向き、話を始めます。

「まず先に、アンドレがしたことから明らかにするわね。あの豚は本当に強欲だわ。この町に流れ込む巨万の富を兄弟と分け合うだけでは満足できず、独り占めしようと考えた。つまり、兄と弟を殺そうとしたのね」

群衆のあいだから、息をのむ音が聞こえた気がしました。

「マイケル殺害計画の実行は二日前の夜、アンドレはワインとトウモロコシのひげでできたハンモックを持ってマイケルの家に行った」

キビクイバエを使った殺害方法は、昨日解明したとおりでした。

「続いて、《木エリア》のポプリ保管庫に毒矢の飛び出る覗き箱を置き、パトリックが覗いたら死ぬようにしておいた。これはあくまで第一の計画で、失敗したときに備えて第二、第三の計画も用意されていたかもしれないわ」

肩をすくめてみせ、赤ずきんは続けました。

「こうやって準備を整え、マイケル殺害に成功したアンドレだったけど、大いなる誤算があったのよ。それは、マイケルの死体が見つかった直後に、偶然居合わせた賢い女の子が、仕掛けた密室トリックを看破《かんぱ》してしまったことよね」

「自分で言ってて、よく恥ずかしくないね」

ピノキオが口をはさみましたが、赤ずきんは無視しました。

「アンドレは私の存在に焦ったはずよ。なおかつ、儀式に必要なタマネギザクロでできた人形も一緒にいたことに注目し、マイゼン十九世さんを唆《そそのか》して私を襲わせたというわけね」

「あの子豚、私が滞在していたロッジにやってきて言ったんだよ。『タマネギザクロを運んできた少女が儀式の邪魔をしようとしている。タマネギザクロを回収するついでに、トカゲの姿にでもしてやってくれ』とね」

マイゼン十九世は今や、すべてを話してくれます。

「ひどいことに私、本当にトカゲにされてしまったの。ピノキオはこんなに切り刻まれちゃって」

「つぎはぎだらけだ！」

とはいえ、ついに全身が揃ったピノキオは、手足をカタカタと動かして楽しそうです。

「私たちを助けてくれたのは、そこにいるブレーメンバンドのみんなよ。すべて片がついたら、特別コンサートをするそうだから、みなさん、楽しみにしていてね」

じゃかじゃん！　ブレーメンバンドが奏でる音が、少しだけ大きくなりました。

「さて、ここから先はブレーメンバンドと私との推理の話。実は私、マイケルさんが殺された現場を見たときから、アンドレが怪しいと思っていたの。私がわらの密室の秘密を暴いているとき、みるみる顔色が変わっていったんですもの。それをなんとかごまかしたあと、ポプリ保管庫に置いてある覗き箱を覗くようあなたに命じているのを聞いて確信したわ。アンドレは、覗き箱に仕掛けた何らかのトリックを使ってあなたを殺そうとしている。最近、町じゅうに置かれるようになったたくさんの覗き箱はすべて、その計画を成功させるためのカモフラージュだってね」

蒼《あお》い顔をしているパトリックに向かい、赤ずきんは人差し指を立てて続けました。

「だから私はあなたが殺されてしまう前に、アンドレの計画を頓挫《とんざ》させようとした。別の人がその仕掛けで死んでしまったら、アンドレもぼろを出すと思ったのよ」

「そ、それで」パトリックは言いました。「ジルベルトに死んでもらったというのですか？」

「そうよ」

赤ずきんはわざと冷たく聞こえるように言ってから、笑みを浮かべます。

「でも、忘れないで。ジルは『嘘つき学』の研究者だってことを」

「はい？」

なんて鈍い犯罪者なのかしら、と思いながら、赤ずきんは手をラッパのような形にして口に添えました。そして、群衆の向こうに向かって大声で呼んだのです。

「ジルー！　もう来ていいわよーっ！」

向こうの木陰から、紫色の服を着た青年が走り出てきました。くるくるのくせっ毛の、ハンサムな顔立ち。間違いなく、ジルベルト・フォン・ミュンヒハウゼンでした。ジルは群衆をかき分け、はしごを上り、あっという間に赤ずきんのそばにやって来ました。

「やあ、パトリック」

元気な挨拶を受け、子豚のパトリックは卒倒しそうな表情でした。

＊

一日と少し前、《ホテル・ウッディ》のスイートルームです。

トカゲ姿の赤ずきんは、ブレーメンバンドの面々と、ピノキオの斜め下半分の顔に向かって、マイゼン十九世を味方につける計画について説明していました。

すなわち、マイゼン十九世の「生き物を思いのままの姿に変える魔法」を使って、赤ずきん自身が魔法封じの銀のブドウのネックレスに成り代わる。そしてマイゼン十九世が前の銀のブドウは効力が薄まったなどと言ってアンドレに近づき、本物の銀のブドウと交換してしまう――という計画です。

「うーん、なるほど、いい考えだみゃ」

ソランが言いました。

「もしマイゼン十九世がその計画に賛成したら、その見返りとして、先にお願いを一つ聞いてくれるよう持ちかけてほしいの」

「そのお願いっていうのは?」

「アンドレの計画を頓挫させるお願いよ」

赤ずきんは、ポプリ保管庫の覗き箱のことをざっと説明しました。

「アンドレは、マイケルが生前に遺した覗き箱でパトリックが死んだということにしたいはず。パトリックを殺そうと思った仕掛けで別の人が死んだら、アンドレは慌ててボロを出すと思わない?」

「それはそうだろうが……」

「このすぐ下の部屋に、ジルベルトっていう友だちが泊まっているの。その人に死んでもらいましょう」

「おいおい」ドレイツェルは呆れました。「どこの誰が、そんな計画に協力して命を擲《なげう》ってくれるというんだ」

「だから、マイゼン十九世に協力してもらうんだってば！」

トカゲの前脚を振り振り、赤ずきんは言います。

「あの魔女は『生き物を思いのままの姿に変える魔法』を使うのよ？　ジルを『覗き箱を覗いて死んだ死体』に変えてもらうのだって、簡単なはずでしょ？」

ブレーメンバンドの面々は、口をあんぐりと開けました。

「彼は嘘つき学を研究しているほら吹き男爵の息子だから、そういう嘘には喜んで協力してくれると思うわ」

赤ずきんはそう言って、トカゲの舌をぺろりと出したのです。

＊

「いやあ、刺激的だったね！」

ジルが蒼白のパトリックの顔を眺め、愉快そうに笑っています。

「古今東西、自分の死体のふりをして人をだました人は大勢いるだろうさ。でも、本当に息や脈を止めて、瞳孔拡大まで体験した嘘つきは僕一人だろう。嘘つき冥利《みょうり》に尽きるってもんだ！」

「私も初めてだったよ。人間を、本人の死体の姿に変えてやるなんてね」

ため息まじりでマイゼン十九世も言いました。

「ジルが巻き込まれたと思ったアンドレも、ものすごくびっくりしたでしょうね」

赤ずきんは愉快でたまりません。犯罪者をだますのって、なんて楽しいのでしょう。

「だけどもう、引き下がることはできなかった。そして自分に疑いがかかるのを避けつつ、パトリックを殺害する次なる方法を考えはじめたに違いないわ」

「そ、そうですよ！」

パトリックが口を開きました。態勢を立て直そうとしているようです。

「赤ずきんさん、あなたがジルベルトさんと協力して証明したのは、アンドレ兄さんがひどい奴だったということにすぎません。でも、その後、兄さんは良心の呵責《かしゃく》を感じて自殺した。そういうことでしょう？」

「違うわ。あなたに殺されたのよ」

「まだそんなことを言うんですか？　レンガの倉庫で、兄さんは首を吊ったんだ」

パトリックは声を張り上げ、群衆のほうを向きます。

「カテン！　カテンはいないかっ」

「はい、ここに」

群衆の後ろのほうで手が上がりました。

「君、証明してくれるよね？　ドアの向こうにはモルタルで固められたレンガの山があって、あの山は外側からは到底築けるものじゃなかった」

「え、ええ。そうでした。丸太を突進させてようやく崩したんです」

「中の壁には遺書だってあったよね？」

「ええ、ありました」

「遺書なんてどうにでもなるでしょう」

赤ずきんはすげなく言いますが、パトリックは引きません。

「あなたは現場を見ていないから、そんなことが言えるんです」

「見たわ。そしてすぐにトリックがわかったわよ」

「なっ！」

絶句するパトリックに、赤ずきんは切り込みました。

「あなたはお酒でアンドレを眠らせたうえ、銀のブドウのネックレスを奪って倉庫に運び、首にロープを巻いた。そして梁にひっかけ、反対側の端を麻袋に結びつけた。麻袋の中にレンガをいくつも入れていけば、やがてその重みでアンドレは引き上げられ、首が絞められて絶命する。壁に遺書を書いてアンドレさんを自殺に見せかけたあと、あなたは倉庫内にあったたくさんのレンガとモルタルを外に運んだのよ」

「外に運んだだって？」

と、ここで口をはさんだのは、マイゼン十九世でした。彼女だけはまだ、赤ずきんの解明したトリックを聞かされていないのでした。赤ずきんは満を持して、さっき見つけた事実を口にします。

「出入り口から入って右の壁の、屋根に近い一つのレンガの周りのモルタルが新しかった。あのレンガはつい最近まで、モルタルで固められていなくて、取り外しが可能だったんだわ」

「……だから、どうしたというのよ？　レンガ一つ分の穴で何ができるというの？」

マイゼン十九世は首を捻《ひね》りました。勘の悪い魔女です。

「パトリックは水を汲んできてモルタルをこね、外壁にはしごをかけて穴からどんどんレンガを放り込んだ。よきところで次はモルタルを放り込むと、先に入ったいくつかのレンガは固まる。続いてレンガを放り込んで、またモルタルを放り込んで……ってひたすら続けたのよ。こうすれば、ドアのすぐ内側にレンガとモルタルがごっちゃになった状態で固まった山が出来あがる。夜中の二時過ぎに作業を終わらせれば、朝方までには固まるでしょう」

おおおお、と群衆がざわめきました。

「最後に、取り外していたレンガを嵌めてモルタルで固め、穴を塞いでしまったというわけ。モルタルの一部分が生乾きだなんて、誰も気づかないわ。壁を這ってくまなく目地を観察できる、トカゲ姿の女の子を除いてはね」

なるほどね、とマイゼン十九世もようやく納得した様子です。

パトリックは今や、目を剝き、脂汗を浮かべ、歯ぎしりをせんばかりの恐ろしい表情になっています。

「わらの密室、木の密室、レンガの密室。この町で出会った三匹の子豚の密室は、いずれもそんなに難しくなかったわ。……木の密室については、私のほうから仕掛けてしまったし」

そして赤ずきんは、パトリックに一歩近づきました。

「私はむしろ、別の謎に興味があるわよ。――あなたがた三匹は、本当に仲良しだったのか？」

ぐっ、とパトリックが唾をのむ音が聞こえます。

「アンドレがマイケルを殺していたのは明白。でもパトリック、あなたはどうかしら？私は初め、アンドレがあなたを殺そうとしたことを知って初めて、返り討ちにしたんだと思ったの。でも、アンドレが死んだレンガの倉庫は、もう二十年も前に作られたっていうじゃない」

ピノキオもマイゼン十九世もブレーメンバンドも群衆も、みな静まり返って赤ずきんの声に耳を傾けます。

「こと建築に関しては慎重な性格のあなたのことよ。倉庫を作るとき、レンガ一つをモルタルで固定しなかったのがミスとは思えない。倉庫なのに出入り口のドアが内開きなのだっておかしいわ。このトリックを遂行することは、倉庫を作ったときから頭にあった。つまりあなたは、ずーっと前から、お兄さんを自殺に見せかけて殺害することを考えていたんだわ、どう？」

「……あ、……あ」

誰もが言葉を待つ前で、パトリックは呻《うめ》くように言ったかと思うと、

「当たり前だろうっ！」

怒鳴り上げました。

「ぼぼ、僕はこの百年、ずうっと、ずうっと、不満だった！　そもそも老いない体を手に入れることができたのだって、僕が頑丈なレンガの家を建てて、狼を殺す方法を考えたからなんだ。その恩を忘れて、あの二人は偉そうな顔をして仕事は全部僕にまかせっきり！」

だん！だん！とパトリックはレンガの屋根を踏み鳴らします。大人しいパトリックの変貌ぶりに、群衆のあいだにどよめきが広がっていきます。

「マイケル兄さんが死んだとき、アンドレ兄さんの仕業だってことはすぐにわかったよ。体裁よくやってるつもりでも、ほころびがたくさんあった。アンドレ兄さんらしい、マ

ッチ一本でぼぼうと燃えあがっちまう木の家みたいな犯罪さ！　あろうことかあの欲張り豚は、その木の家みたいな犯罪で、僕をも殺そうと考えやがった！　ぼ、僕が気づかないとでも思ったのかね！　レンガの家を建てた用心深さを百年経ってもまだ理解できないなんて、おっ、おめでたい豚だよ、本当にっ！」

ぶひゃっ、ぶひゃっと唾と鼻汁をまき散らしながら、パトリックは笑います。

「いらいらするんだよ！　マイケル兄さんはまだいいさ。わらくずと取り換えてもわからないくらいに軽い脳みそしか持っていないんだから可愛げもあるさ！　だがアンドレ兄さんはどうだ？　僕よりいい加減で、体裁を繕《つくろ》うばかりの木の家の精神の持ち主がさ！　レンガの家の僕より優れたような顔をしてさっ！　僕がいなかったら狼に食いちぎられていたくせにさっ！　僕がいないと何もできないくせにさっ！　あんな豚どもと同じ血が流れてると思ったら、この体そのものを呪いたいくらいさっ！」

首筋をぼりぼりと掻きながら、マイゼン十九世のほうに迫っていきます。

「さあ、茶番は終わりだよマイゼン十九世。誰がこの町の支配者にふさわしいか、もう市民のみんなにもわかったはずさ！　とっととその木の人形を燃やしてくれよ！　僕に老いない体を！　新たなる百年の支配権を！」

ふん、と冷たく笑うその魔女の手には、禍々しくねじれた銀色の杖が握られていました。

「命は限りがあるから、価値があるんだよ」

びがん、と閃光が走ります。

「ぎゃっ！」

パトリックは両前脚を頰にあて、叫びます。

「ああ、あああ……！」

パトリックのまるまるした顔が、しぼんでいきます。目は落ちくぼみ、皮膚には皺が寄り、足腰が立たなくなっていきます。

「ああ、ああ、老いてしまう……やだよ……助けて……兄さん……怖いよ」

パトリックの目に涙が浮かびます。

「……やだよ……一人は……怖いよ……言ってやってよ……赤ずきんの……推理は……間違いだってさ……僕たちは……仲良しだってさ……歌ってよ……あのときみたいに……歌ってよ」

よろよろと、老豚パトリックは煙突のほうへ歩み寄っていきます。

「ブー・ピー……ブー・ピー……怖くない……狼なんて……怖くない」

力なく歌いながら、煙突の縁に手をかけ、最後の力をふり絞ってよじ登りました。

「ブー・ピー……ブー・ピー……ぼくたちは……ゆうきと……ちえある……」

パトリックは、煙突の中に頭から落ちていきました。

どすん、と音がしました。

＊

「ああ、パトリックさん！」

ややあって、軍服を着た豚が次々に声をあげました。

「パトリックさん！」「パトリックさん！」「ぶひっ。私たちは指導者を失ってしまった！」

軍服の豚たちが右往左往しています。

「好きに生きればいいじゃない」

赤ずきんは彼らに向かって言い放ちます。

「だめだ」「僕たちは豚だ」「三兄弟の権力が強いから大きな顔ができた、ぶひっ」「そうじゃなきゃ豚に何もできるわけがない、ぶひっぶひひっ」

ぶひひ、ぶひひと嘆き、臆病そうな顔をしたかと思うと、散り散りに逃げていきました。そこに残されたのは、やつれ切った、黄色い毛の生えた労働豚たちだけでした。

「やっと支配から解放されたわね。マイゼン十九世が、みんなを元の姿に戻してくれるわ」

おおおっと、彼らはにわかに元気になります。

「ちょ、ちょっと待ちなさい」マイゼン十九世は慌てました。「これだけの数、一気には無理よ。何日かかけてやってやるから」

そりゃそうね、と赤ずきんが思ったそのとき、

「人間の姿に戻されても、私たちはその後、どうすればいいんです？」

群衆の中から声がしました。あの、カテンという大工でした。

「私たちは、指導者を失ってしまいました」

「これからは、自分たちの指導者は自分たちで決めればいいんじゃないかしら」

赤ずきんは希望を与えるつもりで言いましたが、彼らは困惑していました。

「この中から指導者を決めるなんて」「そんな方法もわからないし」「選ばれてもどうすればいいのか」

おろおろしています。長らく支配されてきた者たちというのは、いざ自由を与えられても、どうすればいいのかわからないようです。

じゃかじゃかじゃかじゃかじゃん！　ギターの音が響きます。

「心配するなよ」ドレイツェルが皆を見回しています。「しばらくブッヒブルクの政治は、ハーメルンが預かる。そう評議会にかけあってみよう。自分たちのことは自分たちで決める。その素晴らしさがわかるまで、ハーメルンが面倒を見る。そののち、新しい

ブッヒブルクを自分たちで作ればいい」

「おお！　ハーメルンは長い自治の歴史を持つ町だ！」「ハーメルンが味方なら心強い！」

市民たちに勇気が湧いてきたようでした。これで一安心です。

「赤ずきん、お前に感謝してやってもいいわ」

マイゼン十九世が銀のブドウのネックレスを見せて言いました。

「これを取り返すのは、一族の宿願だったからね。お礼に、なんでも一つ、願いをかなえてやろう」

「願いを一つ？　それなら――」

赤ずきんの願いは決まっていました。それは、この旅の目的でもありました。ピノキオの後ろに回り、マイゼン十九世の前に押し出します。

「ピノキオを人間の男の子にしてあげて」

「このタマネギザクロの人形を？」

マイゼン十九世は、心底驚いたようにピノキオを見つめました。

「えーと、できないことはないけれど、頭の中身は一緒だわ。賢くはできない」

「当たり前よ。それでいいわ」

「〝不老不死の体〟も無理。普通に大人になって、普通の人間の寿命で死ぬわ」

「いいわよね、ピノキオ?」

「うん!」

ピノキオは元気よく答えました。

「〝不老不死〟なんて人形と一緒だよ。そんなのもらったら、ろくでもないことを考える」

よく言ったわ、と赤ずきんは心の中で思いました。マイゼン十九世はうなずき、ねじれた杖を掲げました。びがん、と赤い光がピノキオの頭に落ちます。

するとどうでしょう。そこには、可愛らしい顔をした人間の男の子がいたのです。

「わあ、本当に人間の男の子になれた!」

「やったわね、ピノキオ!」

太陽のように明るい表情のピノキオと赤ずきんは手を取り合います。

「いいかい、ピノキオ」マイゼン十九世はピノキオの顔に杖を突きつけます。「いい子にしていないと、また木偶《でく》人形に戻してしまうよ」

「いい子か」ピノキオは鼻に手を当て、少し困ったような顔になりました。「……ちょっとの嘘も、だめかなあ」

ふふ、とマイゼン十九世は笑いました。

「ちょっとの嘘もつけないようじゃ、人間になれたとは言えないよ」

ぐなーご。ぎがごこ。黒猫とヒキガエルもまた、穏やかに鳴きました。

「人生には限りがあるわ」

赤ずきんは両手を広げて言いました。

「だから、今日という日に価値があるのよ」

ドレイツェルが、ギターをじゃかじゃんじゃかじゃんと鳴らしました。

「今日聴く音楽にもだ」

らら～ら～♪と、シドレーヌが歌います。

「今日歌う歌にもね」

たたたん、ピノキオが下手なステップを踏みました。

「今日聞くお話にもだ」

くるりと回り、赤ずきんの顔をいたずらっぽく見つめたのは、ジルです。

「今日つく嘘にも、価値があると思うかい？」

「もちろん、嘘より本当のほうがいいわ。でも、ときには嘘も欲しい。だって」

赤ずきんは微笑んで答えました。

「嘘のあるところにはきっと、魅力的な謎があるもの」

ジルはこの答えが気に入ったらしく、ひゅひゅうと口笛を吹きました。

「さあ、踊りましょう！」

たたたん！　ミファンテがドラムを叩き、ドレイツェルとソランが音楽を合わせ、シドレーヌが歌います。赤ずきんもピノキオもジルも、ステップを踏んで踊りはじめました。

「人間って、なんて面白いんだろう！」

ピノキオはご満悦で、いつまでもいつまでも、下手なステップを踏み続けたのでした。

童話の夜は更けていき、今回の赤ずきんの旅は、ひとまずここでおしまいです。

新たな旅の始まるその日まで――おやすみなさい。

解説

中江有里（俳優・作家）

初めて「赤ずきん」を読んだのは子どもの頃だった。

赤いずきんを被った小さな女の子が、森に住むおばあちゃんを訪ねる途中でオオカミと出会う。オオカミにそそのかされて寄り道をしている間に、おばあちゃんはオオカミに食べられる。

そしておばあちゃんに成りすましたオオカミは、赤ずきんも丸のみにしてしまう。

丸のみ、というのが生々しくて、いまだに「オオカミ」と聞くと「赤ずきん」のこの場面を思い浮かべる。

ところで物語は、どんでん返しがある。

狩人に助けられた赤ずきんとおばあちゃんは、オオカミの腹に石を詰め込み、オオカミが腹の重みで動けなくなると、毛皮を剥いで家に持って帰った。おしまい♪

なんとグロい……オオカミはワルだが、赤ずきんの復讐もなかなかのもの。「目には目を、歯には歯を」でお馴染みのハンムラビ法典に負けていない。

童話は子ども向けの物語というだけではない。教訓や学びもあるが、単純に読み物として面白いから読み継がれてきたのだと思う。

そして良い話より、グロテスクだったり、不条理だったりする方が記憶に深く刻まれる。童話が強烈な印象を残すのは、そんな理由があるからかもしれない。

長い前置きになったが、本書『赤ずきん、ピノキオ拾って死体と出会う。』もなかなかグロテスクな場面満載。タイトルにあるように、主人公の赤ずきんが行くところに死体が待ち受ける不条理！

相棒はピノキオ。それも右手だけ。よくぞ拾った、赤ずきん。さらりと描写されているが、腕だけのピノキオは結構グロい。

見つけてしまった死体にまつわる謎を解くのが読みどころ。

童話とミステリが絶妙にミックスされ、赤ずきんとピノキオと読者を巻き込んでいくのが本書である。

元は童話であるから、もちろん教訓と学びがある。

本書の赤ずきんは、少々シニカルだ。行く先々で起きる事件を鋭く推理するには、この性格は重要。

わけあってバラバラになってしまったピノキオの体を集めるための旅に出る赤ずきんは物好きなのか？　親切なのか？　どちらなのかはわからないが、一つ確かなのは困難に巻き込まれやすい質《たち》だということ。

思うに人間には自分が率先して引っ掻き回すタイプと、巻き込まれるタイプがある。前者の引っ掻き回すほうが楽しそうだけど、現実は困難や問題に巻き込まれることの方がずっと多い。

つまり「何でも巻き込まれていけ！」と赤ずきんは教えてくれるのだ。

そしてピノキオは、人間になりたくて学校へ通うことを決めたのに、サーカスが観たくなって教科書と引き換えに、チケットを手に入れたという。関西弁でいうところの「アホ」である。

サーカス団に騙されて、旅の一座に売られて見世物にされたあげく、体はバラバラに散らばってしまう。この一連の流れを関西弁で「いちびり」と呼びたい。

不条理なピノキオの人生……いや、まだ人間ではないから、木生《もくせい》か。

ピノキオの木生をかけた教えは、欲望のままに行動することの恐ろしさ、としよう。

物語に散りばめられた謎は、ミステリの味わいを深める絶妙なスパイスのよう。白雪姫が義母に疎まれ、命を狙われる理由。ハーメルンで四六時中、音楽が流れる理由。三匹の子豚にまつわる殺豚事件の真相など。

原作童話を知っていても、知らなくても、そんなこととはまったく無関係に面白いし、物語に張り巡らされた伏線を辿るだけで、自分が見落としていたヒントの多さに驚かされる。

つまり「お子さんもご一緒に」と読み聞かせをする童話とは違うが、伏線となる人や場所が絡み合ったところに、意外な結末が待っている。それが本書の魅力でもある。

もうひとつ、気づいたのは「裏切るイメージ」だ。

オオカミに丸のみされた赤ずきんは、鋭い歯で噛み砕かれず丸のみされたため生きていたが、もしオオカミがちゃんと咀嚼していたら……物語は成立しない。オオカミ、油断したな。

白雪姫が小人たちに拾われたのは、可哀そうだから？　それとも可愛かったから？

小人に庇護される生活は、白雪姫にとって楽しかったのだろうか？

思い込んでいることと、実際は違う。童話とは熟成された時間の中で残されてきた正統派の物語ではあるが、人の価値観も変わり、常識も変化すると、受け止められ方も変わっていく。

と、真面目《まじめ》に語ってみたが、ようするに予想と違う犯人像に驚いたというだけだ。

長い時を重ねてきた童話と、常に新しいゾーンを追い求めていくミステリ。この新旧の物語ジャンルがミックスされたことで、赤ずきんがピノキオを相棒に旅に出た。これまでにはない世界が広がっていくのは間違いない。

読み進めるにつれグロさにも慣れ、しかもさほど残酷にも感じなくなり、名探偵赤ずきんのキャラも癖になってきた。

今回の旅は無事に終わったけれど、次はどんな場所で、どんな事件に巻き込まれるのか、そして相棒はいるのか?

次作への期待がやまないのは、わたしだけではないと思う。

本作品は世界の童話を基にしたフィクションです。
作中に登場する人名その他の名称は全て架空のものです。

二〇二二年一〇月に小社より単行本として刊行されました。

双葉文庫

あ-66-06

赤《あか》ずきん、ピノキオ拾《ひろ》って死体《したい》と出会《であ》う。

2024年9月14日　第1刷発行

【著者】
青柳碧人《あおやぎあいと》
©Aito Aoyagi 2024
【発行者】
箕浦克史
【発行所】
株式会社双葉社
〒162-8540 東京都新宿区東五軒町3番28号
［電話］03-5261-4818(営業部)　03-5261-4831(編集部)
www.futabasha.co.jp（双葉社の書籍・コミックが買えます）
【印刷所】
大日本印刷株式会社
【製本所】
大日本印刷株式会社
【カバー印刷】
株式会社久栄社
【DTP】
株式会社ビーワークス

【フォーマット・デザイン】
日下潤一

落丁・乱丁の場合は送料双葉社負担でお取り替えいたします。「製作部」宛にお送りください。ただし、古書店で購入したものについてはお取り替えできません。［電話］03-5261-4822（製作部）

ISBN978-4-575-52785-8 C0193
Printed in Japan